飛石を渡れば

目次

装画 名倉達了
装丁 くつま舎 久都間ひろみ

飛石を渡れば

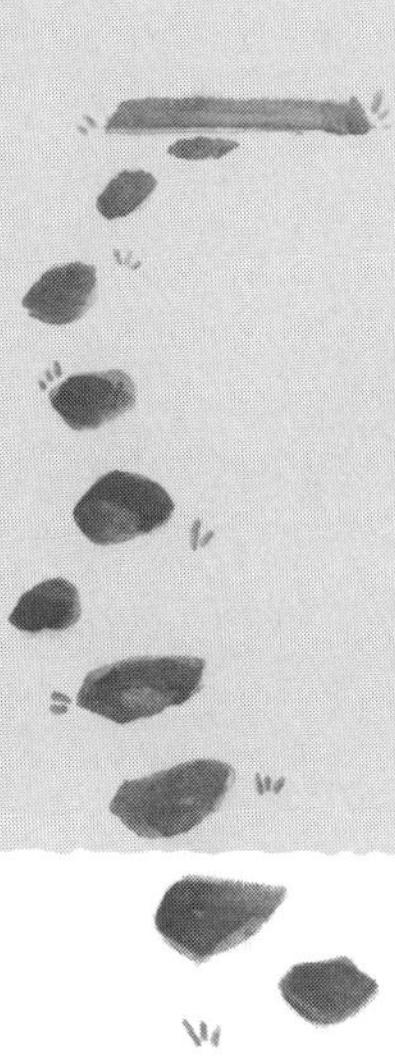

わずかに蓋《ふた》の開いた釜から、一筋の湯気が羽衣《はごろも》のように漏れている。巻いてはほどける熱は、練香《ねりこう》のくぐもった木の香りを漂わせる。十畳間の稽古場には、湯がしゅうしゅうと沸く音だけが響いていた。

天井から伸びる太い鎖が、畳に四角く切り取られた炉のうえで、釜を吊るす。一年前この教室ではじめて目にした、釣釜《つりがま》だ。三寒四温、春風が吹き荒れる今の時期に、揺れる人の心を表すという。

点前座にいる星那《せいな》は、左手で柄杓《ひしゃく》をとって構える。柄杓の合を鏡に見立てて、自分の顔をうつすようにすると、背筋がすっと伸びる。呼吸をととのえ、柄杓を蓋置《ふたおき》においたあと、居ずまいを正す。自分の気持ちや場の空気まで、切り替わるようだった。目の前には、運び出したお道具が正しく、決められた位置に並んでいた。

茶碗を左手でとる。

――あの茶碗を使ってください。

先生から指示され、すぐに分かった。丸みを帯びながらも、口の部分が独特に歪んだ、あの茶碗だ。根をはるような金継《きんつぎ》の跡は、大切に扱われてきた時間のあかしでもある。祖母から受け継がれ、今ここにやって来た。

結局、自分が守れたのは、これだけだった。茶碗を右手に持たせると、ちょうどいい重みを感じた。手のひらに自然と沿う、ざらつきと艶やかさの、調和のとれた肌ざわりだ。畳のうえに置いて、いよいよ一服を点てる。

この一年間のことが、頭をよぎった。あの場所はなくなった。それでも変わらず自分はここにいて、季節に接する心は変わらない。この先ずっとつづいていくだろう、長い道のりの予感を抱きながら、星那は雨が降り出したことに、音で気がつく。

音の向こうには、外の世界が広がっていた。

1

その茶道教室は、碁盤の目状になったエリアから、北に少しはみ出したところに位置していた。街の南北をつらぬく地下鉄線の、ほぼ終点に当たる駅から、徒歩十数分である。市街地からは、青くかすんだ稜線でしかない山々も、その辺りから見れば、生い茂る草木の様子がはっきりと迫ってくる。

はじめて星那が教室の前を通ったのは、朝から雪のちらつく午後だった。

分厚い灰色の雲に日が隠され、身体の芯まで凍えこむ、底冷えの日。星那は直前に、取引をしている家主を訪問していた。家主は提示された金額に、明らかに落胆していた。それでも「この辺りも、空き家が目立つようになりましたからね」と言って、しわが深く刻まれた手でサインをしてくれた。

社用車を駐車したコインパーキングまで向かう道すがら、住宅街――といっても、真新しい学生マンションが立ち並んでいる――を歩いていると、古い木製の門が目に入った。常緑樹の生垣に囲まれた一軒家で、門の脇には半メートルにも満たない看板がある。達筆な文字で、こう記されている。

茶道教室　蓮釉庵

れんゆうあん、と読むのだろうか。いつでもご連絡ください、という文言の下に、電話番号が添えられていた。大通りから外れているので、たまに響くヒヨドリの高い声以外、物音はしない。けれども外玄関には、もうライトが灯っていた。格子状になった門の隙間から、星那はなかをのぞく。

玄関先の敷石は、水に濡れている。脇の植え込みには、多様な草花が育てられ、鉢植えもいくつかある。どれもよく手入れされているが、そのうちのひとつ、赤い実をつける深緑色の庭木には、見憶えがあった。祖母の家でも育てられていたものだ。お正月になると床の間に飾られていたが、名前を思い出せない。

三年前に亡くなった祖母は、茶道の先生だった。

祖母の家は、もう誰も暮らしていないが、今もここから東方向の山際に残されている。東京育ちの星那にとっては、両親とともに帰省する先だった。廊下には生徒たちとの集合写真が飾られ、訪問者も多かった。

星那は、あの家の匂いが好きだった。なんの匂いか、具体的には分からないが、お道具の入った桐箱、お線香、畳、古くなった材木、きちんとした生活、それらを溶かして、うすめたような匂いだった。訪れるたび、はじめは緊張するが、祖母はうんと可愛がってくれて、すぐに居心地がいいと感じた。

「こんにちは」

急に声をかけられ、星那の心臓は跳ねた。

ふり返ると、男性が立っていた。

星那よりひと回りは年上で、日に焼けた、彫りの深い顔立ちをしている。

「こちらに、ご用事ですか」

「いえ、そういうわけでは」

頭を下げ、その場を立ち去る。

曲がり角のところでふり返ると、男性の姿はなかった。

星那は踵を返して、門の前に戻り、看板に書かれた電話番号をスマホに記録した。

河原町のアーケード街は、夜の光で溢れていた。通りには、光に集まる虫のように、たくさんの人が行き交う。中心部から外れた人気のないエリアとは対照的に、この辺りのテナントは入れ替わりが激しく、少し前までどんな風だったのかももう思い出せない。星那は交差点を渡って、通りに面したオフィスビルに入り、エレベーターで会社のフロアに向かった。

勤めているのは、京都市内の不動産をあつかう仲介会社だ。

一戸建てやマンション、土地の売買を仲介することがメインの業務で、星那は営業を担当していた。ただでさえ厳しい業界であるうえに、近年は逆風の吹き荒れる不況である。災害や少子化のせいで、家を持たないという選択をとる人が増えているからだ。無人の家がどんどん余り、それを買う人はどんどん減っている。

千年の都と謳われる京都も、他の地方都市と同じく、人口は減少の一途を辿っている。観光業に依存するため、一部の繁華街をのぞき、とくに交通の便が悪い場所では、空き家が増加していた。だから星那の会社でも、物件が少しでも古ければ、上物を壊して建て直す、という選択肢を勧めている。たとえ、そのせいで伝統的な街並みが失われ、画一的でクリーンな家が目立っても、会社の利益を守らなければならない。

さきほど星那が訪問した家主とも、そんな契約を交わしていた。

勿体ない、とはあまり思わない。それが仕事であり、感傷的になっている暇はない。けれども、急にやりがいを見失うときがある。空気を押しているような、味気なさを抱くことがあった。

エレベーターのドアが開いて、帰宅する同僚とすれ違う。

「あれ、戻って来たの」

「やり残したことがあって」

夜七時を過ぎたばかりだというのに、オフィスは薄暗く、デスクに残る人はほとんどいなかった。その光景を見て、星那は「そうだった」と額に手をやった。今日は会社が定めた「ノー残業デー」である。だからさっきすれ違った同僚からも、意外そうに声をかけられたのだ。最初のうちは形式的な取り組みだったが、近頃はオフィスに残りづらいムードが醸されるようになっていた。

一人だけデスクに残っていた課長から、「おつかれさま」と声をかけられる。この日の外回りでの報告を手短にすると、「今日はノー残業デーだから、急ぎの仕事だけ済ませたら、帰宅するようにしてね」と念を押された。「すみません、すっかり忘れていました」と星那は正直に答えたあと、自分のデスクについた。とりあえずパソコンの電源をつけたものの、必要最低限の書類だけ片づけると、メールの返信などは家ですることにして、また電源を落とす。

「私もそろそろ帰ろうかな」

課長から声をかけられたとき、星那もちょうど帰宅の準備を終えていた。二人でオフィスの戸締りをして、エレベーターに乗りこむ。オフィスビルを出ると、小雨が降り出していた。冷たく濡れたアスファルトは、色とりどりの光を反射している。折り畳み傘をさし、駅に向かって歩く流れで、課長から軽く飲まないかと誘われた。星那は「ぜひ」と答えた。


路地裏にある昔ながらの居酒屋は、チェーンでも観光客向けでもなく、仕事帰りのサラリーマンでにぎわっている。カウンターとテーブル席があって、二人はカウンターの方に腰を下ろした。壁には、マジックで書かれたお品書きの短冊が、ずらりとピン留めされ、その手前に名前の書かれたお酒のボトルが並んでいる。そのうち、課長の名前が書かれたボトルが、お通しとともに、テーブルのうえにごとりと置かれた。

「いらっしゃい」

課長はほがらかに、店主とやりとりをする。

その横顔を眺めながら、七年間もこの仕事をつづけられたのはこの人のおかげだな、と星那は思った。

男性ばかりのイメージがある不動産会社の営業職のなかで、課長はちょっと変わった存在だった。体育会系ではあるが、ポスティングや電話掛けよりも、顧客とのコミュニケーションを重視する。量よりも質を重視するスタイルは、結果的に顧客を増やしていた。たしかに今はもう家が売れる時代ではなく、ゴリ押ししても結果はついてこない。課長は新しいやり方で成績を伸ばし、会社を抜本的に改革していた。

なにより感心するのが、他の誰よりも仕事を抱えているのに、傍からは全然そう見えないという点だった。単に仕事が早いというだけではなく、精神的な余裕を滅多に失わない。しかも顧客だけでなく、部下に対しても丁寧で親切だった。どうして課長は、それほどの余裕を保っていられるのか、星那は不思議になるときがあった。

「このあいだ、連れ合いと信州に行ったのよ」

課長はパートナーのことを、「旦那」でも「主人」でもなく、「連れ合い」と呼ぶ。

「すてきですね、旅行ですか」

「じつは私たち、最近登山に夢中になってるの。来年は富士山にチャレンジするから、その予行演習でね」

課長は割り箸を置いて、スマホの待ち受け画面を見せてくれた。登山中の写真がそこにうつっていた。青空と渓谷を背景にして、アウトドアの格好をした課長夫婦が、肩を寄せてほほ笑んでいる。お互いの人生を尊重し合っていることが伝わるようなツーショットだった。

いつだったか、課長が初の女性管理職になれたのは、産休をとっていないからだ、と別の女性の先輩が言っていたことを思い出す。その女性の先輩には子どもが二人いて、課長にはいない。星那はどこか棘のある物言いを聞き流しながら、課長は表に出さないだけで、さまざまな苦労があるんだろうな、と実感した。

「登山はいいわよ。有酸素運動っていうのかしら？　登り切ったときの達成感とか、最初のうちは考え事とかするんだけど、だんだん考える体力がなくなって、ただ目の前の道を一歩ずつ進むことだけに集中していくの。だから仕事が忙しいときほど、二人で山に行く時間を確保するようにしていてね」

課長の話を聞きながら、趣味っていいな、と星那は漠然と思った。課長のような人を支えているのは、登山という夫婦共通の趣味のようだ。誰かやなにかに依存するのでなく、そういう自立した生き方に憧れる。

「社長からも、働き方を改革するって言われたばかりですしね」

「あれ、私の発案なの」

え、と星那は目を丸くした。会社では、今年度に入ってから、残業ゼロとリモートワークが推進されている。会社のイメージアップと仕事の効率化も図っている、と社長は朝礼のついでに説明したが、社員たちはざわついていた。単なる思いつきではないか、そんな理想がうちの業界にも通用するのか、と不安の声は少なくない。

「もちろん、好意的に捉えてない社員がいるのも知ってるわよ。中川さんみたいに」

「いえ、私は」と、星那は慌てる。

「だってあなた、ノー残業デーにも反対でしょ」

「反対というより、戸惑っているのが正直なところです」

「働き者ね」

冗談めかして言われ、星那は肩をすくめる。社員たちがよく利用する店とはいえ、今夜二人きりで誘われたのは、ノー残業デーであることを忘れて帰社した星那に同情したという理由だけでなく、この話題をふるためだったのかもしれない。

「だって働くのって、楽しいじゃないですか」

するとと課長は、真剣な顔になってこう答える。

「そりゃ、楽しいわよ。私だって、仕事のない人生は考えられない。でもこのご時世、少しずつでもいいから、働き方を改善すべきだと思う。豊かな人生を送るために、プライベートの時間を増やしていかなくちゃ」

しかし星那には、「豊かな人生」とはなにか、よく分からなかった。今まで一生懸命に働いてきたのに、いきなり「残業ゼロにしろ」「休日出勤するな」などと言われても困ってしまう。仮にプライベートの時間が増えたところで、上手な使い方が分からない。プライベートの満たされなさを、仕事の忙しさで埋めていたという虚しい事実に、打ちのめされるだけだ。

そんなことを、課長に漠然と伝える。

すると課長は、きっぱりと言う。

「そりゃ、生きていくためには仕事しなきゃならないけど、人に迷惑のかからない程度に必要な収入さえ稼げば、あとは好きなことをしていればいいのよ。仕事は結局、生きていくための義務なんだから。せっかくお金を稼いでいるんだから、好きなことに有効活用しなきゃ。それこそが、豊かな人生ってやつよ」

「好きなこと、ですか」

星那は返答に詰まる。

自分には好きなことがない。

無趣味でつまらない人間――そんな文句が頭をよぎった。

「中川さんにだって、あるでしょ？」

「えっと……中学までは、バレエをやってましたけど」

「姿勢がいいのは、そのせいだったのね。背も高いし似合いそう」

「でもまたはじめるなんて、絶対に無理ですよ。せめて休日と退社後くらいは、身体を休ませたいし」と答えてから、星那の脳裏をよぎったのは、今日の外回りで発見したあの茶道教室だった。でも茶道なんて、この私にできるのだろうか。「課長はどうやって、登山とか、好きなことを見つけたんですか」

「別に意識的に探し出したわけじゃないから、難しい質問ね。連れ合いから誘われて、自分もやってみたら、いつのまにかつづけていた感じだし。そもそも好きなことって、気がついたら夢中になっているものじゃない？　どんなきっかけだったとしても、いつかは出会ってるというか。あら、美味しそうね」

カウンター越しに鯵フライを受け取り、課長はうっとりと言った。

二人はそれから、趣味の話はしなかった。しかし星那の頭の片隅には、ずっと引っかかっていた。長くつづけられる趣味があれば、私も「豊かな人生」とやらを送れるだろうか。なにかをはじめたいという漠然とした気持ちが、星那の心にむくむくと芽生《めば》えていた。

帰宅すると、郵便ポストに運送会社の不在通知が入っていた。通販の荷物だったが、星那には自分がなにを注文したのか、さっぱり思い出せなかった。玄関口に放置された、同じような空の段ボール箱の山を横目に、星那は靴をぬぐ。

このマンションには、二年前に引っ越した。就職したての頃は、今の会社に長く勤めるつもりはなく、安いエリアで部屋を借りていた。しかし昇進したのをきっかけに、会社の近くで暮らすことにしたのだ。

会社とマンションを往復する生活に、不満があるわけではない。仕事は大変だけれど、幸いにして上司にも恵まれ、職場の人間関係も悪くない。それなりに認められているし、貯金できる程度の収入も得ている。恋人はいないけれど、一緒になにかを楽しんだり、泣き言を聞いてくれたりする友人は、性別にかかわらずいる。

それなのに、物足りないのはなぜだろう。

つい自分と周囲を比べてしまう。

――好きなことって、気がついたら夢中になっているもの。

なにかに没頭したい、心を動かされたい。でもなにをしたらいいのか分からない。少なくともバレエに夢中になっていた頃は、待ち遠しさやわくわく感は身近なものだった。大人になった今、情熱が欲しいというわけではなく、もっとゆるやかに、ひとつの物ごとにこだわりを持ちたかった。そう、こだわりである。

コンビニの商品で簡単に食事を済ませ、ネット通販で買い物をして、壊れたり合わなかったりすればゴミの日に出せばいい、という生活は便利だ。でも環境や労働の問題とか、だいそれた意識からではなく、そんな生活がたまに嫌になる。仕事でも同じだった。古くなれば、要らなくなったら、さっさと取り壊し、新しく建て直せばいい。そうすれば、利益は守られる。けれども本当に大切なことを、見失っている気がしてならなかった。

ソファに寝そべり、知らない芸能人ばかり出演しているバラエティ番組をぼんやりと観ていたら、スマホが鳴った。従姉《いとこ》の可夜子《かよこ》からである。三歳差とあって、昔から可夜子とは姉妹のような関係性だった。東京の実家にもよく遊びに来てくれた可夜子は、星那が京都の会社に就職することになったとき、父である雅人《まさと》さんとお祝いまでしてくれた。

「来週末、時間ある？」

スケジュール帳のページを頭のなかでめくりながら、星那は「今のところ、あるよ」と答える。すると可夜子は「じつは面倒なお願いがあるんだけど」と前置きをして、週末に祖母の家の片付けをしようと思っていると説明した。

遠慮がちに、可夜子はつづける。

「お父さんと私だけじゃ、手が足りなさそうだから、星那にも手伝ってもらえると、すごく助かるんだよね。お礼にご飯をご馳走するって、お父さんも提案してるんだけど、来てもらえないかな」

「いいよ、もちろん」

承諾すると、可夜子は声を弾ませた。

久しぶりに彼女に会えるのは、星那も嬉しかった。電話を切ったあと、星那はソファから身体を起こし、手帳をとりにいく。「おばあちゃんの家の掃除」と赤ペンで書き込みながら、ふと三年前の葬式のことが、頭をよぎった。

祖母の葬式は、自宅近くの葬儀場で執り行われた。祖父のときは自宅に人を集めていたので、当初は、祖母も自宅で弔ってあげようという話をしていたけれど、もうその家に暮らす人はいないという事情から、葬儀場に変更されたのだ。

すでに京都で働いていた星那は、受付を手伝った。

式には、想像した以上の参列者が集まり、祖母の顔の広さに驚かされた。多くが茶道関連の知人らしく、星那にとって母から祖母にかけての世代の女性が目立った。祖母はお茶の世界でそれなりに存在感があったようだ。

なかには、茶道具屋だという参列者もいた。記憶に残っているのは、いかにもやり手の商売人といった風貌の、若くも、かなり年上にも見える、年齢不詳の男性である。喪服でありながら、洗練された独特の空気をまとっていた。祖母はああいった相手から、茶道具を買い求めていたのだ。星那にとっては、なんとも遠い別世界だった。

祖母は亡くなる前、金融資産などについては、きっちりと生前贈与を終え、相続する者たち――次男である、星那の父も含まれる――が困らないように片づけていた。しかし茶室や茶道具、母屋については遺書でも触れず、そのままにして去った。

念のため、週末に祖母の家を整理することについて、星那は母にも報告する。母のスマホに電話をして、可夜子から連絡があったと伝えると、母は「私の分まで、しっかり手伝って来てちょうだいね」と念を押したうえで、こう呟《つぶや》いた。

「修子《しゅうこ》さんの家、いよいよ処分するのかしら」

「かれこれ三年も、放置されてきたわけだしね」

星那はスマホを持ち替えながら、「修子さん」という呼び方を、なつかしく感じる。母は祖母のことを「お義母さん」ではなく、本人に対しても「修子さん」と呼んでいた。祖母の方も、その呼び方を好意的に受け入れていたようだ。

「じつは、気がかりがひとつあって」

母はもったいぶるように、そう切り出した。

「ある、お茶碗のことなんだけど」

祖母からの影響で、母は東京でお茶を習っていた。はじめのうちは父と仲良く通っていたらしいが、結局つづいたのは母だけだった。母いわく、お茶に親しみはじめた母に、祖母はある茶碗のことを教えてくれたという。それは金継で修復された、女性的で柔和なかたちの、中川家に嫁いだ女性たちが代々受け継いできた、特別な茶碗だった。

「立場的に言えば、長男の雅人さんの奥さんに、そのお茶碗が贈られたはずなんだけど、離婚しちゃったから、まだあの家に残ってるんじゃないかと思って。お葬式のときも、言い出そうか迷ったんだけど」

母は言葉を濁した。

東京に住む次男の嫁として、離婚した雅人さんや可夜子に気を遣って、はっきりと口に出すのを遠慮したのだろう。だから今、あなたに伝えておかなければ、このまま存在さえ忘れられてしまうと思うの、と母は口調を強めた。

「分かった、探してみる」

「星那も見たことがあるはずよ。喜寿のお祝いのとき、修子さんが私にお茶をふるまってくれたお茶碗なんだけど、憶《おぼ》えてない?」

星那にとって、お茶にまつわる原体験は、小学校の頃に招待された、祖母の喜寿を祝った茶会だった。あれは何年生のときだっただろう。おぼろげに霞んでいた記憶が、声に出されたことによって、断片的に像をむすぶ。記憶のスクリーンにさざなみを立てないように気をつけながら、星那は静かにたぐり寄せる。

新幹線で京都に向かうまでの光景。思えば、お茶の記憶は必然的に、京都という街にひもづけられている。大勢の人で混雑した地下鉄のホーム。師走らしい、雲ひとつない青空と乾いた風。何度も訪れたはずなのに、別のどこかに生まれ変わった祖母の家。近寄りがたかった茶室に、足を踏み入れる緊張感――。

足の痺れを我慢しながら、星那はただじっと見入っていた。

大人たちの、不思議な時間を。

あのとき、たしかに祖母は、母に茶碗を差し出していた。金色のひび割れが入り、内側に光を宿しているような、魅力的な茶碗を。ずっと思い出さなかったのに、その茶碗をやりとりした光景は、心の奥に刻まれていた。

2

週末、星那はマンションまで迎えに来てくれた可夜子の車に乗り込んだ。

可夜子が住んでいるのは、京都市内ではあるが山をひとつ隔てた、滋賀県と接する地域である。とはいえ交通の便はよく、京都駅まで目と鼻の先であるうえに、渋滞がなければ、祖母の家まで車で三十分もあれば着く。

地元のラジオが流れる軽のワンボックスカーの天井には、彼女の夫の趣味である、釣り竿用のロッドホルダーが備えられていた。巨大なメリケンサックのような形状を眺めながら、夫の近況について星那は訊ねる。

「相変わらずだよ」

可夜子はハンドルを握りながら、ほほ笑んだ。

二人が出会ったきっかけは、彼女が翻訳を手掛けた本だった。

可夜子は大学でドイツ文学を専攻したあと、数年間の留学を経て、今では理系の専門書を主とした翻訳や、ときおり通訳もフリーランスで請け負っている。デザイナーである夫とは、仕事を通じて知り合ったらしい。

周囲にいる多くの女性と同様、可夜子は芯が強くてぶれない。ドイツ語一筋で、黙々と翻訳に取り組む姿勢もそうだけれど、人付き合いにもメリハリがある。適度な距離感を保ちながら、つねにやさしさを忘れない。

だから星那は可夜子に、課長と同じく、憧れを抱いている。

可夜子の生き方を見ていると、自分もパートナーが欲しいなと思う反面、幸せのかたちは人それぞれだと勇気づけられもする。「三十歳までに結婚」とかいった、ネットにあふれる無駄に焦らせるような文言も、可夜子なら冷静に「そんなあほな」と笑い飛ばすことだろう。

車は白川通りに入り、可夜子はしみじみと言う。

「この辺りも、ずいぶん変わったね」

たしかに見憶えのない建物や、真新しい店が並んでいる。それでも星那にとって、祖母の家につづくこの通りには、さまざまな記憶がひそんでいる。久しぶりに親族に再会する期待と緊張、ちょっと窮屈なよそ行きの服。何年経っても、その土地に染みついた身体的な記憶は、消えないものだと思う。

「カヨちゃんも、おばあちゃん家に行くの、久しぶり？」

「うん、おばあちゃんが入院してた時期以来かな」

車は曲がって、山手へと坂をのぼる。昔はにぎやかな参道だったが、週末にもかかわらず人は少ない。この辺りの山麓には、主に天台宗の寺社が点在し、かつて土産物屋は繁盛していた。しかし店主は高齢化し、店先もシャッターで閉ざされている。

近くの駐車場で、二人は車を降りた。ドアを閉めると、急に森閑として、自分の鼓動まで聞こえるようだった。晴れた冬の空気は乾燥し、山から鳥や木々のざわめきを響かせる。低い角度からの朝日が、アスファルトの道路にまだら模様をつくっていた。

「お父さん、まだ来てないね」

可夜子は呟き、スマホを手に取る。

連絡すると、急に来客があったので、先に掃除をはじめていてほしい、という返信がすぐに届いたようだ。雅人さんはこの近くで、小さな薬局を営んでいる。代々受け継がれ、その歴史は百年以上になる。しかし可夜子が言うには、「京都では新しい方で、老舗とは呼ばない」のだという。

裏山は管理が行き届かず、以前来たときよりも、舗道や擁壁《ようへき》の緑色が濃くなっていると感じた。住む人をなくした祖母の家は、山と一体化しはじめているようだ。門をくぐり、敷地のなかに入ると、延段《のべだん》の隙間からも、雑草が繁茂していた。

一方、家のなかは、思った以上に昔と変わらなかった。雅人さんが定期的に、換気をしてくれていたおかげだろう。変わらないからこそ、家に足を踏み入れるとき、星那は少し躊躇《ちゅうちょ》してしまった。もうここには、誰も住んでいない。外では、長い時間が経過しているのに、家のなかだけがぴたりと止まり、昔のままとり残されている。二度と帰ってこない家主を、今も信じて待ちつづけている。そんな切なさが、誰もいない静かな室内に満ちていた。

「お庭も、見ようか」

そうだね、と星那は息を吐き、裏口に回った。

山の西側に位置するため、庭はこの時間帯、暗く鬱蒼《うっそう》としていた。先を行く可夜子が、伸びきった雑草を手でかき分けながら、一歩ずつ進んで行く。その足跡を追うと、左右に曲がりくねるように配置された、飛石《とびいし》があった。昔は一本の道を成していたが、今では苔生《こけむ》し、草や土に隠れてしまった飛石。

その並びを見たとき、星那は幼少の頃に引き戻された。

飛石は、茶室へと客人を誘うための、いわば導入なのだと祖母は教えてくれた。浮世から離れる旅へとお連れしますよ、という案内役であり、すべてのはじまり。それが飛石であり、だからこそ茶会のたびに、ぴかぴかに磨いておくんだよ、と。

——蛇みたい。

十歳のとき、星那は飛石を見て、祖母にそう伝えた。すると祖母は、少し驚いたように目を見張ったあと、星那ちゃんも将来お茶をすることになるかもね、としみじみ呟いた。そして茶室に棲んでいる、一匹の蛇について教えてくれた。この茶室がここに建てられる前から存在するご長寿の蛇で、今では霊になり、中川家を守ってくれているという。

飛石の前に立ち、祖母のやさしい語り口を思い出す。

子ども騙《だま》しの物語だったのか、それとも——。

「だいぶ虫に食われてるね」

茶室の周囲を観察しながら、可夜子が言う。

星那は「ほんとだね」と肯《うなず》き、一歩ずつ、飛石を渡った。

たしかに茶室の軒先には、大きな蜘蛛の巣がいくつも張っていて、夏場は虫の天国だったに違いない。柱は弱々しく今にも崩れそうで、土壁は部分的に剝がれ、穴が空いている。茅《かや》葺《ぶ》きの屋根は、緑に染まって新芽がのぞく。躙口《にじりぐち》の前で、おそらく雨風を防ぐために建てられた、細い竹の支えは、ひび割れて傾いていた。

どこまでが装飾として元来そなえられた古びで、どこからが三年間の劣化なのか、星那には分からなかった。それほど茶室は、自然に朽ちていた。まるで朽ちることを前提に、すべてがデザインされていたように感じる。

「入ろうか」

可夜子に言われ、星那は肯く。

靴をぬぎ、躙口から茶室に入った。

母屋と同じく、外見とは対照的に、畳も、壁も、天井も、驚くほどきれいだった。

茶室に入ると、二人とも無言になった。

目が暗さに慣れてくると、少しずつ細部の工夫に気がつく。畳のうえには、黒い蓋をされた四角い穴がある。穴の脇からは、自由に歪曲する古い柱がのびて、その上半分は着物の袖のように、土壁で閉ざされている。天井は低く、木の板と細い竹が格子状に交差する。選び抜かれた材料が、ところどころで目を惹《ひ》いた。

おだやかな光をもたらすのは、複数の窓だった。

まず、炉のあたりを照らす、ふたつの窓。中心軸をずらし、上下に配置された、正方形の窓である。窓に貼られた白い障子に、おもての常緑樹が反射して、虹色の影を落とす。他にも、窓は天井、床の間の脇、その向かい側といくつもあった。

どの窓も、竹を含む、さまざまな種類の木材で構成され、よく観察すると、その間隔や節の高さも、微妙に違っていた。時間が経つほどに、さりげない工夫を発見して、見え方が変わっていくのが面白かった。

星那は深呼吸をして、目を閉じる。

静けさに満ちた室内で、息をひそめていると、以前にも抱いたことのある安心感が、じわりとよみがえってきたからだ。木漏れ日に包まれた、庭の奥にあるちいさな茶室。そこだけは、現実の嫌なことから守られた、凪《なぎ》のような隠れ家だった——。

「棚、確認しよう」

可夜子の一言に、星那はわれに返った。

それから二人は、茶室と母屋の棚にそのままになっていた、大量の桐箱を確認した。いずれはひとつずつ、梱包をほどいて、なかを点検、整理しなければならない。その前に、どのくらいの量が残されているのか、まず把握しておきたかった。どの棚にも、ぎっしりと桐箱が仕舞われていた。

開け閉めするたびに、量の多さに面食らい、ついリアクションをとってしまう星那とは対照的に、可夜子は一喜一憂することなく、淡々と義務的に作業を進めた。可夜子の母親が雅人さんと離婚した理由には、少なからず茶道——もっと言えば、中川家の受け継いでいる「京都らしさ」——が絡んでいたと、昔に聞いたことがあった。

自分にとっては伯母に当たる、可夜子の母のことを、星那はほとんど憶えていない。星那は東京に住んでいたし、伯母は長いあいだ雅人さんたちと別居状態にあったからだ。可夜子はあまり自分の話をしないので、心境を訊くのもはばかられた。

おもてから声がしたのは、そんな折だった。

「ごめんください」

星那は顔を上げて、可夜子を見る。

「誰だろう」

無人の家に、どうして訪問者が？　玄関まで見に行くと、一人の男性が門の向こうに立っていた。ダブルのスーツを着た、洗練されたビジネスマン風の出で立ちで、こちらに目が合うとお辞儀をする。どこかで会ったような気がした。

「中川さんはいらっしゃいますか」

男性はにこやかに訊ねた。

一瞬、祖母のことかと思い、返答に詰まる。

「ああ、失礼しました。私がお訪ねしたのは、中川修子さんの御子息、雅人さんです」

「不在ですけど」と、可夜子が答える。

「そうでしたか、今日はこちらにいらっしゃるとお伺いしたものですから」

男性は明るく言ったあと、「申し遅れましたが」と断って、スーツの胸ポケットから名刺ケースを出した。あまりにも自然な物腰だったので、警戒していた可夜子も靴を履いて、玄関先から門の外に出て行っている。星那もそれにつづく。

〈茶道具問屋　赤松喜八《あかまつきはち》〉

受け取った名刺を見て、星那は腑に落ちた。

この人に見憶えがあったのは、祖母の葬式で見かけたからである。大勢いた茶道関係の参列者の一人として、彼は香典をあげに来ていた。年齢不詳な、独自のオーラをまとっていることに加えて、星那は声をかけられたので、印象に残っている。彼はお手洗いの場所を訊ねたあとに、「ご親族の方ですか」とわざわざ質問してきたのだ。星那は戸惑いつつも「はい、次男方の孫です」と答えた。すると赤松は、なにやら意味ありげに目を細めたあと、「このたびは、誠にご愁傷さまです」と言って、深々とお辞儀をした。

「出直しますので、中川さんによろしくお伝えください」

腕時計を確認すると、彼は鞄を持ち直して去って行った。

そのうしろ姿を見送りながら、可夜子は呟く。

「あの人、お葬式のときから、お道具の始末に困ったら連絡してほしいって、お父さんに言いに来てたんだよね」

可夜子はそれ以上なにも言わなかったが、不満を抱いていることはよく伝わった。しかもその不満は、赤松に対してだけでなく、雅人さんにも向けられているようだった。祖母が亡くなった直後から、そんな話題を出してきた卑しい道具屋と、本当に商談を進めているなんて信じられない、という本音が星那には聞こえた。

日が傾きはじめた頃、雅人さんが現れた。遅れて来たことを詫びた彼に、可夜子は午前中いっぱいかけて確認した棚の場所と、桐箱の数を報告した。茶室の棚もまだ見終えられていなかったが、雅人さんは「時間がかかるだろうけど、仕方ないね」とおだやかに言った。およそどのくらいの数がありそうか、すべてを確認するなら時間はどれほどかかりそうか、雅人さんは自分で作業をするでもなく、質問を重ねた。分かる範囲で答えていた星那をさえぎり、可夜子は呆れたように言う。

「食事の約束は？」

「そうだった。休憩しようか」

「お父さんはなにもしてないけど」

可夜子は真顔で言い、雅人さんは「まぁ、そう言わずに」と苦笑した。

近所の中華料理店は、昼の営業時間が終わる直前だった。

昔から夫婦で店を切り盛りしているおばあさんは、可夜子を見るなり「あら、カヨちゃんじゃない」と笑顔で声をかけてきた。さらに雅人さんが入ってくると、「おそろいなのね」と目尻のしわをさらに深める。星那も子どもの頃に何度か来たことがあり、可夜子は学生時代にアルバイトをしていた店だった。

奥の棚には、木彫りの熊や古い賞状などが、さり気なく飾られている。テレビで中継される野球の試合を、ぼんやりと眺めていると、おばあさんが厨房に消えたタイミングで、雅人さんは「もう閉店しちゃうんだ、ここ」と告げた。最近、夫の店主が病気がちで、おばあさんも腰を悪くしているらしい。

やがて可夜子に手伝われながら、おばあさんはテーブルに五目そば、チャーハン、揚げ春巻きなどを運んでくれた。どの皿も、「おまけ」としてちょっと増量してくれたらしい。すべて家庭的でやさしい味だった。こんなにいい店がなくなるなんて、と寂しくなる。

「そろそろ母の家も、どうにかしようと思っていてね」

星那は肯き、箸を置いた。

「どうなさるんですか」

「いや、まだ考え中でね」

不動産業界にいると、相続の話題はよく出るし、いろんな事例を見聞きする。抱える問題や解決の仕方はそれぞれ異なるが、いずれも厄介そうだ。中川家は比較的、スムーズに進んだ方だと思う。ただし、あの家を除いて。星那の両親は、あの家のことは雅人さんにすべて任せると言っていたが、どうやら雅人さんは決められない人らしい。

「手っ取り早く壊して、土地を売ればいいのに」

「そうかな」

娘の意見を、雅人さんは煮え切らない態度で受け止める。争いが嫌いで、イエスかノーをはっきりと言わないが、内心納得できないことは、頑としてしない。雅人さんってそういうところがあるわよね、と母が言っていた。

何代も受け継がれたあの家を、処分するのは忍びないという雅人さんの価値観は、なんとなく分かるようで、東京のマンションで育った星那には、本質的に分かり切れないところがありそうだった。長いあいだ、同じ土地を所有するということ。受け継がれた時間が長いほど、そこに下ろされた根は、深く複雑に伸びている。そのうえで生きることの、またその根を絶つことの、不自由さや重さを、真に理解できるわけがない。

就職した当初から、星那はそれを実感していた。担当してきた多くの依頼主が、一筋縄では解決しない問題を抱えていたからだ。一部の同僚は、そうした依頼主の葛藤を、土地に囚われず、都合のいいように引っ越せばいいのに、と軽く受け止めている。けれども、星那は彼らの気持ちに、少しでも寄り添いたいと思っていた。

「分かります。うちの会社でも、そういう問い合わせは絶えなくて」

星那が肯くと、雅人さんはこう切り出した。

「じつは今日、手伝いをお願いしたのには、別の理由があってね」

雅人さんはこれまで、不動産に詳しい知り合いから話を聞いていたが、親族である星那にも折り入って話をしたかったという。星那は一度会社に持ち帰り、上司に相談してみることになった。二人のやりとりを、可夜子は無表情で聞いていた。


自転車が列をなして往来する向こうで、空のすそが赤く燃えていた。高くなるにつれて、ピンクや紫に変化して、星を浮かび上がらせる。刻一刻とうつりゆく盆地特有の夕焼けを、可夜子の運転する車の助手席で、星那はしばらく見守ったあと、シートに座り直した。

「雅人さんと、喧嘩中？」

訊ねると、可夜子は「喧嘩ってわけじゃないんだけど」と濁した。ひょっとすると、今日自分を手伝いに誘ったのは、可夜子の意向でもあったのかもしれない。父親と二人きりになる気まずさを避けるために。

口を結び、まっすぐ前を見つめながら、可夜子は言う。

「手っ取り早く壊せばいいって、言い過ぎたかな」

「ううん、大丈夫だよ」

可夜子は表情をゆるめたあと、静かにこう言った。

「お父さんのああいうところ、ほんとに嫌いなんだよね。お母さんと離婚したのだって、もとを正せば、お父さんの優柔不断さというか、ちゃんとお母さんを守らなかった、ことなかれ主義が原因だったから」

可夜子の口からはっきりと、二人の離婚理由を聞くのははじめてだった。いくら仲の良い従姉妹同士でも、可夜子は母親のことをめったに語らない。だから星那が知っていることは、母や父から間接的に聞いたことばかりだ。

母いわく、可夜子の母親――星那にとっての伯母さん――は、さばさばした都会的な女性だったという。出身は関東で、外資系企業の大阪支店でバリバリと働いていたが、共通の友人を介して雅人さんと出会い、妊娠をきっかけに結婚した。しかし嫁として家庭に入ることだけでなく、ご近所や取引先との付き合いも、伯母さんには苦痛だったようだ。雅人さんが無理強いしなかったことが、かえって二人のあいだの溝を深め、伯母さんを孤独にさせた。

――京都という街が、肌に合わなかったんじゃないかしら。

いつだったか、母は「肌に合わない」という表現を使っていた。今になって考えると、「肌に合わない」というのは、致命的なことだと思う。具体的な理由があるわけではなく、些細なことが積み重なって、とにかく嫌になる。誰のせいにもできないし、解決のしようもない。唯一の方法といえば、その場から離れることくらいだ。

伯母さんは、今では別の所帯を持ち、可夜子ともほとんど会っていないらしい。可夜子の結婚式にも姿を現さなかった。招待しなかったのか、招待したが断られたのか、星那には分からない。そのことすら、訊けない空気だった。しかし今後、ともに祖母の家の片付けをしていくなら、立ち入らないわけにいかない。

「あのね、じつはカヨちゃんに話したいことがあって」

「うん？」

「ある、お茶碗について」

星那は例の茶碗のことを、可夜子に詳しく説明した。母が気にかけていた、中川家の女性が守ってきたという、金継の施された特別な茶碗――おそらく可夜子の母親に託されたが、離婚して祖母のもとに戻されたはずなので、これから祖母の家で、茶道具の整理をするうちに見つけたら、教えてほしいと伝える。

しばらく沈黙したあと、可夜子は呟いた。

「お母さんはそういうのを、重たいって思ったんだろうね」

「カヨちゃんも同意見？」

可夜子は変わらない調子で、首を左右にふった。

「どんなお茶碗か、私も気になるよ」

星那はほっとしながら、この日、祖母の茶室に久しぶりに足を踏み入れたとき、やわらかな光に包まれた空間で、大切ななにかにふれた心地がしたことを思い出す。その正体にもっと近づきたい。その気持ちは、どんどん強くなっている。そして、あの家で自分よりもたくさんの時間を過ごした可夜子も、同じ気持ちを抱いているような気がしていた。〈蓮釉庵〉の看板に記された連絡先は、スマホに保存してある。あの門の向こうにも、この日感じた大切ななにかが、きっと待っているのではないか。

「ありがとう。あと、もうひとつ。私、お茶を習ってみようと思うんだけど」

口に出すと、さらに決意が固まった。

「よかったら、カヨちゃんもやらない？」

「私も？」

「うん。一人ではじめるのは心細いし、お茶を習えば、おばあちゃんの茶室の整理にも役立つかもしれないよ。その教室は、おばあちゃんの家からもわりと近くて、カヨちゃんの家から車で三十分とかからないと思うから」

　すると意外にも、可夜子は「いいよ」と答えた。

　誘っておきながら、そんなにあっさりと承諾してくれると予想していなかった星那は、「本当に？」と何度も念を押してしまう。可夜子は「いいって言ってるじゃない」と呆れたように笑っているけれど、本当のところはなにを思い、どんな感情を抱いているのか、星那にはまだよく分からなかった。

3

　強い風が吹き荒れ、雲の塊がどんどん流れていく。三月らしい嵐のような朝だった。同じ京都市内でも、北と南ではかなり寒暖差があるが、さすがに〈蓮釉庵〉の辺りは、冬に逆戻りしたような寒さである。

二人は駅で待ち合わせ、教室まで歩いた。

冷たい強風のなかにも、かすかに春の香りが感じられる。

門の前でインターホンを押すと、ややあって「開いてますよ」という落ち着いた男性の声が返ってきた。黒茶けた木製の引き戸は、年季が入っていそうなわりに、少し力を加えただけでスムーズに動いた。その手応えから、星那は一週間前、〈蓮釉庵〉にはじめて電話をかけたときのことを思い出す。

お茶の先生といえば、女性のイメージだったので、男性の声がしたときは意外だった。白い靴下を持っていく、というのは今までの経験で知っていたが、他にあらかじめなにを揃えておくべきか、どんな格好で行けばいいのか、正直に訊ねると、先生は気さくな調子で、「とくになにも要りませんし、服装はご自由で大丈夫ですよ」と答えた。

門から玄関口まで、大小の石が寄せ集められた、平らな延段が敷かれていた。脇には、先日のぞいたように、名前の分からない雑多な植物が生い茂る。その奥から、ちょろちょろという水音が聞こえてきた。

注意して見てみると、草木の陰に、巨大な陶器の甕《かめ》が隠れていた。甕からは水が溢れ、日本庭園によく設置されている小さなししおどしが、上部にとりつけられている。柄杓が伏せられていることから、神社と同じく、手を洗う場所だろうか。甕の内側は清潔に磨かれ、溜められた水は澄んでいた。

「蹲踞《つくばい》だね」

可夜子が言う。

「なにそれ?」

「お茶室に入る前に、手と口を清めるの。でも今日は、しなくて大丈夫だと思う」

それを聞いて、星那は心強くなると同時に、いよいよお茶を習うのだな、という実感を抱いた。茶室に向かう前に、飛石を渡るときの、研ぎ澄まされるような高揚感にも似ている。これから新しい世界に飛び込むのだという状況に、どきどきする。

可夜子は玄関口の扉を開けた。

まず、咲きはじめの桜の絵が描かれた、腰の高さほどの衝立《ついたて》が目に入った。フローリングは磨かれ、かすかに線香の匂いがした。職業柄、多くの家にお邪魔してきたけれど、こんなにきれいな玄関は、そうそうお目にかかったことがなかった。靴や傘などはなく、唯一置かれているのは、下駄箱のうえに飾られた一輪挿しだけだ。

無駄のなさに感心していると、奥から声がした。

「いらっしゃい」

現れたのは、背が高くて恰幅のいい、着物姿の男性だった。

頬には張りがあって、目はくりっと大きい。帯のうえにのったお腹には、貫禄というよりも愛嬌がある。七十代前半だろうか、電話口で想像したよりも年上に感じた。二人を見ると、男性ははきはきとこう言った。

「私が澤山《さわやま》です」

二人も自己紹介をする。

「よくお出でになられましたね」

澤山先生はにっこりと笑うと、「どうぞ、こちらへ」と言って、廊下の奥へと消えて行った。

二人は顔を見合わせた。おそらく可夜子も、同じ気持ちでいるようだった。祖母と全然違うようで、具体的には指摘できないが、茶人としての共通点を感じる。

靴をぬいで、廊下を進む。やがて障子の開いた、十畳ほどの和室があった。まず目を惹いたのは、天井から伸びている鎖だった。空間のほぼ真ん中に、祖母の茶室にもあった、四角く畳の抜かれた穴——炉というのだと、先日ネットで調べた——があり、その上に釜が鎖で釣り下げられている。

「これは、釣釜といいます」

星那の視線を察し、澤山先生は言った。

「三月に入ると、よくかけられます。季節ごとに、設《しつら》えは変わるんですけど。さ、お二人とも入ってください」

二人はおずおずとなかに入る。右手には床の間、左手には襖《ふすま》と、アーチ状の小さな戸があった。戸の脇には、複数の苗字が小さく記入された、シンプルな月間カレンダーが掛かっている。正面には、縁側とガラス戸越しに、緑の深い庭が広がる。玄関先よりも多くの植物が、のびのびと生育していた。すぐとなりに森があるみたいだ。なぜこんなに広々と感じるのだろう。

「ここがお稽古場です」

掛軸の飾られた床の間の前で、澤山先生が正座をしながら言う。

「靴下は、どうしましょう」と、可夜子は訊ねた。

「ご持参いただいたんですね。では、履き替えてください。ちなみに、となりの部屋が、お稽古の前に準備をしていただく場なので、あとで案内しますね」

二人は肯き、その通りにした。

庭と向き合うように正座してから、星那は改めて、稽古場を見回す。天井は高く、欄間には細かい装飾が嵌め込まれていた。玄関や廊下に増して、生活感はない。ただし冷たいわけではなく、縁側の隅にペダル式の古いミシン台があったり、床の間の脇に文字盤がローマ数字になった置時計があったりと、長く使われてきた温かみがある。

稽古場のあちこちに、祖母の家で目にしたものと、よく似たものを発見した。なるほど、こうして使うんだ。釜や炉だけではない。祖母の家ではひとまとめに「謎の遺品」だったものが、この空間では生き生きと、それぞれの役目を果たしている。たとえば窓の開いた竹筒は、床の間の柱に掛けられ、黄色い花が挿してある。意味も用途も知らなかったものの正体が、やっと判明する。ちょっと感動していると、先生が口をひらいた。

「今日は、本当はお稽古の見学をしていただくつもりでしたが、午前中に通っている生徒さんが、事情があって来られなくなりましてね。つぎの方がいらっしゃるのは、残念ながら夕方からなんです。代わりと言ってはなんですが、私がお茶を点てますから、今日はそれを楽しんで行ってください」

澤山先生は畳に手をついて、小さくお辞儀をしたあと、立ち上がって、アーチ状の戸の向こうに身を屈めて消えた。しばらくすると、ふたたびその戸から、盆を持って戻り、星那の目の前に、その盆をすっと置いた。和菓子がみっつ並んでいる。ほんのりとピンクに染まった白っぽい生地が、ふかふかの布団さながらに折りたたまれていた。

「花衣《はなごろも》ですね」

先生は言い、盆に添えてあった白い紙――懐紙というらしい――を手渡す。

花衣とは、この季節によくつくられる意匠らしい。桜を連想させる色味と、「花衣」という響きから、若い女性が花見で装う上質な着物を、星那は思い浮かべる。まだ花見には気が早いけれど、今朝からただよう春の気配には、ぴったりの和菓子だと感じた。お茶の世界では、少しだけ季節を先取りするのかもしれない。

和菓子を眺めているあいだに、先生はもう一度アーチ状の戸に戻り、なにやら道具を持ち出して、今度は襖のところでお辞儀をした。二人も反射的に、お辞儀を返す。先生はつぎつぎに襖から炉の脇に道具を運び入れ、準備を進めていく。

紫色の布をたたんだり、釜の蓋を開けたり、ひとつひとつの意味は分からないが、気がつくと見惚れていた。決して難しい動作ではない。湯を掬《すく》ったり、布巾で茶碗を拭いたり、日常的にくり返している行為に近い。スポーツやダンスのように、派手な技巧が必要なわけでもなさそうだ。けれども、いざ自分もやれと言われたら、絶対にできないだろうということは分かった。

「どうぞ、召し上がりください」

先生はこちらを見ないで、静かに言った。

花衣の練り切りは、やわらかすぎず、甘すぎず、あっさりした風味だった。

やがて心地いい緊張感のなか、先生は茶碗に湯を注ぎ、ブラシ状になった竹の道具で、シャカシャカとやりはじめた。そうそう、それなら私にもできそうだ、と星那は心が躍った。いわば、抹茶のラテをつくっているのだ。シャカシャカし終えると、先生は茶碗を手のひらのうえで回し、目の前に置いた。

「どうぞ」

二人は顔を見合わせる。「どっちが先に行くの」「カヨちゃんでしょ」「え、星那じゃないの」という会話を視線で交わしていると、澤山先生は「星那さんの方が、正客と呼ばれる位置にお座りなので、先にいただくことになります」と補足した。

「はい」

星那はわけも分からず立ち上がるが、先生から「いえ、正座をしたまま、膝を押すようにして、少しずつ動いてください。そう、それをにじるといいます」と説明された。指示されるままに、星那は茶碗を手にとる。自分が動く番になったとたんに、ぎこちない空気がただよいはじめていた。まるでシナリオを渡されないまま、役者として舞台に立たされたみたいだ。移動したり、茶碗を持ち上げたりする何気ない動作を、こんなに意識させられるとは。

星那は冷や汗をかきながら、なんとか茶碗を席に持ち帰った。そして先生から指示されるままに、茶碗を置いて、となりにいる可夜子に一礼する。さらに茶碗を手にとって、例のお馴染みの、茶碗を回す動作をした。

「いただきます」

「どうぞ」

胸の前で、茶碗を手で包み込む。いつも使っているグラスやマグカップに比べて、唇をつける部分に厚みがある。ゆっくりと顔に近づけると、開いている面積も広いので、いっそう抹茶の香りに包まれた。一口すすった瞬間、口のなかを支配していた和菓子の甘さが、ふわりとほどける。沸いた湯で点てたわりに熱すぎず、飲みくだすと、質のいい温泉につかったみたいに、全身にじんわりと熱が染みわたった。小さい頃、母の練習台となって飲まされたお茶とは、まったくの別物だった。この美味しさはコーヒーやお酒と同じで、大人にならないと分からない類のものだったのか。

「そうしたら、茶碗を膝の前に置いて、自由に鑑賞してください」

澤山先生は可夜子のお茶を点てながら、そう言った。

茶色く、ざらざらした質感の、土っぽくて素っ気ない器だった。絵付もされず、朴訥《ぼくとつ》とした佇まいだ。どこをどう見ればいいのか。最初は戸惑ったが、畳のうえに置いて、間近に観察していると、しだいに「なんかいいな」という気になった。

「それ、私が焼いたんですよ」

星那は驚いて、顔を上げた。

「先生は陶芸をなさるんですね」

「ええ、昔はそれで食べていましてね。肉体労働だから、体型もスリムだったんですが」とお茶目な調子で言い、先生はつづける。「でももう今は引退して、代わりに妻が窯を仕切っています。妻の方が才能に恵まれておったんですわ」

明るく話しながら、先生はもう一服を点て終えた。

今度は、可夜子が茶碗をとりにいく。

「お点前、ちょうだいします」

ふたたび静寂に包まれた。

陶芸を生業にしていた夫婦のうち、妻の方がその仕事を引き受け、夫はお茶の教室を営んでいる。そんな人生もあるんだな。もう少し先生のことを知りたくなったが、プライベートな話題はそこで終わった。

稽古は月三回、釜がかけられる日なら、いつでも来ていいという。事前に、お稽古があって都合のつく日時を、カレンダーに書き込んでおいてください。二人ともお若いですし、他にもご用事があるでしょうから、無理しなくていいですよ、と先生は言った。

「若いといっても、三十過ぎなのですが」

可夜子が答えると、先生は「三十！」と大袈裟に反応する。

「なにをおっしゃるやら。茶道では、四十代まで『青年』といわれます。一人前になれるのは、八十歳になってから。だからこの私も、まだまだ『半人前』です。どうぞご自身の若さを自覚して、気長にやってください」

そうして二人は、〈蓮釉庵〉に通うことになった。

「足は痺れたけど、楽しかったな」

門を出たあと、可夜子は晴れやかな表情で、そう言った。

「いい先生そうで、よかったね」

「うん、イメージと少し違った」

「たしかに」

　星那がなにより意外だったのは、お茶の素養を測られなかったことだった。きっと今日は面接や試験みたいに、あれこれと質問されるだろうと構えていた。しかしお茶をはじめる動機はおろか、こちらの職業などなにも訊かれなかった。お茶の教室というのは、肩ひじを張る必要はなにもなく、誰しもが平等に、ただ淡々と、お茶のいただき方や点て方を習う場所のようだった。

◆

　稽古場に通いはじめた矢先、雅人さんから、星那の勤めている不動産会社で、祖母の家を扱ってもらえないだろうか、という相談を正式に持ちかけられた。課長には、親族に土地の売却について迷っている人がいる、と個人的に話してはいたが、改めてその件を会社で引き受けられるかを確認した。

というのも、過去に社内でトラブルになった社員がいたので、近親者の物件は扱わないという暗黙のルールがあったからだ。今回は特別に課長がその件を預かり、社長に確認をとってくれたところ、うちの会社が仲介してもいいという許可が下りた。ただし、主に課長が担当すること、星那はサブとして経過を見守ること、という条件付きだった。

課長が雅人さんに提示した案は、三パターンあった。

案1は、今の建物を賃貸にして、借主を探すというものだった。案2は、今の建物を売るというもの。案3は、建物を壊して、土地だけを売りに出す。案1は、リフォームの費用がかかるうえ、立地条件も悪いので、そう簡単には借主は見つからないだろうから、おすすめできないと課長は言った。

話し合いの結果、まずは案2の可能性を探ることになった。課長がまとめた、祖母の家の物件情報は、ネット上にアップされ、店頭で扱う物件のリストにも加えられた。星那は担当している仕事をしながら、その進捗を横目で眺めることにした。

4

鴨川の桜が見頃を迎えた頃、星那と可夜子は「割稽古《わりげいこ》」をはじめた。お点前に登場する動作を、ひとつずつ個別に習うのである。他に生徒がいない土曜日の午前中が、二人にとってお稽古の時間になった。

初回のお稽古で、澤山先生は二人にいくつかのものを手渡した。ひとつ目が、ビニールで包装された、帛紗《ふくさ》と呼ばれる鮮やかな朱色の布だ。包装から出すと、厚めの絹が二重になっていて、とろんとした質感だった。

ふたつ目が、先生の娘さんが使っていたという、大きめの封筒を思わせる、光沢感のある布袋だった。帛紗は二人とも同じものだが、袋に施された模様はそれぞれ違った。たとえば星那の方には、尾の長い鳥の絵が刺繍されている。

「それは、鳳凰です」

鳥の周囲には、風を表現するような渦巻が、いくつも連なっていた。

「可夜子さんの方は、七宝文様」

一センチほどの円が四方八方に広がり、円のなかには菊や花菱がおさまっている。新品の帛紗とは対照的に、個性ゆたかな袋——数寄屋袋《すきやぶくろ》というらしい——は、先生の娘さんが使っていた過去のストーリーもあいまって、稽古場の社中になるに当たっての、特別な贈り物に感じられた。

まずは、帛紗のたたみ方から教わる。先生は「ここで間違うと、へんな癖が帛紗についてしまうので、よく見てくださいね」と言って、畳のうえで見本を示した。一歩ずつ山を登っていくように、決まった動作をひとつずつマスターするわくわく感を、星那は久しぶりに抱く。仕事を憶えるのとも違う新鮮さだった。

「つぎは、帛紗さばきですね」

澤山先生はふたたび帛紗を三角形に垂らすと、すいすいとたたんだ。難なく終わり、見逃がしてしまう。「もう一度やってみます」と言って、今度はもう少しゆっくりめに、先生はくり返した。右手で端をつまんで垂らし、左手で包み込みながら三つ折りにする、というのがどうも簡単ではない。

「練習すれば、そのうち慣れますよ」

先生はほがらかに言い、つぎに脇に置いていたお道具を、膝の前に置いた。どんぐりのようにツルリとした見た目の、手のひらに乗るサイズだ。黒々と光沢した漆は、小さな宝石箱のような高級感がある。

「これは、ナツメといいます」

人の名前みたいで可愛いな、と星那は思う。蓋を開けるとき、独特の抵抗感があった。力は要らないが、密封度の高さが手ごたえから分かる。内側には、新緑色の抹茶の粉が、こんもりと盛られていた。

「蓋を閉めて、そのうえを帛紗で『こ』の字に拭き清めてください」

帛紗で清めるのは、棗《なつめ》だけではなかった。棗から抹茶を掬う茶杓《ちゃしゃく》も、帛紗ではさんで縦、横、縦と清める。「よくできました。あんまり一気にお伝えすると、雑になってしまいますので、今日はこの辺りでおしまい」と言って、その日の復習として、二人に一服ずつ点ててくれた。

はじめは簡単に思われたが、稽古を重ねるごとに、憶えることはどんどん増えていった。

また、お点前のなかでくり返される動作の多くが、「どうしてやるの」と疑問に思うようなことばかりだった。たとえば、茶筅《ちゃせん》通し。細かく割かれた竹の枝が、ふわりと膨らんで内側にカールしている道具を、湯で洗うという場面だ。

「軽く音を立てて茶碗に置いたあと、いったん手を離して持ち替えます。手首を返しながら高く掲げて、穂先に汚れや折れがないかどうかを確認します」

ずいぶんとややこしいうえに、目的がよく分からない。なぜなら、茶碗を水で洗ったり道具を片づけたりするところ——水屋というらしい——で、茶筅のチェックは毎回済ませているはずだからだ。そもそも点前のたびに茶筅は洗浄しているし、先生が傷んだ茶筅を生徒に使わせるなんて、まずない。だったら、客の前で確認する必要はないのでは。

そのあとも、「どうしてやるの」という問いは、つぎつぎにやって来た。

戸惑っているうちに、「通し稽古」がはじまった。

小分けに学んだことを、ひとつの流れに集約させる通し稽古では、さらに険しい道のりが待っていた。茶道口から出る足の左右も、毎畳すすむ歩数も、あらかじめ決まっていた。柄杓の扱い方ひとつとっても、湯は底から、水はなかほどから掬う、という細かなルールがある。割稽古で練習したこともつながらないのに、いっそう制約を加えられてしまった。先生から指示や注意をされながら、最初の一服を点て終えるには、三十分以上を要した。

「ちょうだいいたします」

可夜子が茶碗に口をつける姿を眺めながら、ひと息ついたのもつかの間、今度は、飲み終えた茶碗を湯や水で洗って、道具を片づけていく後半の道のりが待っていた。先生の言葉だけを頼りに点前をするのは、切り立った崖を命綱にしがみつきながら、及び腰ですすんでいくようなぎこちなさだった。たった一服のお点前を終えた頃には、さらに三十分が経っていた。足の感覚は一切ない。

「無理しないでくださいね」

先生は言い、可夜子も心配そうに見ている。足の指にやっと感覚が戻り、立ち上がって茶道口に戻る。しかし客から死角になった水屋に入ったとたん、激痛に近い痺れの第二波がやって来て、一人悶絶した。なんということだろう。先生はこんな苦行を、涼しい顔でこなしていたとは。席に戻ったときには、へとへとだった。

「お疲れさまです。うまく出来たじゃないですか」

澤山先生はにこやかに言った。

全然出来なかったけどな、と思いながら星那は頭を下げる。

「つぎは可夜子さんの番ですね、どうぞ」

そんな調子で、日々の稽古はつづいた。澤山先生はなにがあっても、生徒を褒める主義のようだった。でも実際のところ、星那は五回やっても十回やっても、全体の流れを憶えられなかった。どの動きもぶつ切れで、一本の線にならない。しかも嫌がらせのように、道具は毎回変わっていて、その扱い方も変わった。

お茶って、やっぱり難しい。

そもそも茶道って、なにを習うものなんだろう。日常生活のなかで、誰かに抹茶を点てるなんて場面は、まずない。それなのに、こんなに雁字搦めの、オリジナリティの欠片《かけら》もない動作をひたすら反復し、頭に叩き込んだところで、なんの役に立つのか。星那はそんな疑問を抱きながらも、自分から可夜子を誘ったという責任感から、お稽古に通いつづけた。


お稽古の前後には、二人で祖母の家に立ち寄った。

祖母の遺したお道具は、茶室や母屋のあちこちに仕舞われていた。まず桐箱を開けて、中身を取り出す。しげしげと観察、キズや汚れを確認してから、デジカメで撮影する。さらに梱包を元通りに直し、紐を結ぶ――その反復だった。

それらの道具が、いつつくられ、どんな歴史を辿ってきたのか、二人は知らない。しかし祖母一人の力でなく、曾祖父母以前の代から、大切に保管されてきた収集品だ。一括処分するとしても、一度すべてに目を通し、さわって、お別れのあいさつをすることが、最低限の敬意のような気がした。

仕舞い込まれていた箱は、大小さまざまだった。持ち上げただけで壊れそうなものも、新品同然のものもあった。陶器、竹、漆。あらゆる素材が、ごちゃまぜに仕舞われていた。達筆な文字が書かれた箱もあるが、たいていが番号もラベルもなく、中身は開けるまで予測不能だった。

一見、その仕舞い方に、決まったルールはなさそうだった。茶碗のとなりに茶杓が、水指《みずさし》のとなりに謎の布切れがある。用途すら分からない道具も多かった。興味を引かれ、本棚から持ち出した『茶道大辞典』で調べると、懐石で用いられる箸ひとつとっても、多様な種名が与えられていた。

少しずつ作業が進むにつれ、仕舞い方の法則が、徐々に明らかになった。じつは季節の巡りにもとづいて、合理的に整理されていた。桜や菖蒲、ススキや梅といった、四季にもとづく意匠に注目すれば、香合なども、風炉の時期には木の塗りや竹が、炉の時期には陶磁器が多いと分かった。それは、お稽古に通いはじめたからこその発見だった。

祖母が遺した道具は、日常とはスケールの異なる、海のように広くて深い、悠久の時間の流れに、星那たちを結びつけるようだった。

しかし肝心の一点は、いつまでも出てこなかった。中川家の女性が代々受け継いでいると母が話していた、金継のなされた特別な茶碗である。星那にとっては、幼少期のお茶の原体験を象徴する、お茶への憧れそのもののような存在だった。可夜子も気にして、探してくれていたが、最後まで見つからなかった。

「まさか、私のお母さんが持ってるのかな」

可夜子は腕組みをする。

「いや、違うんじゃない？」

「分からないよ。離婚したとき、関係ぐちゃぐちゃだったから」

可夜子は確認してみようかと提案してくれた。しかし本当に伯母さんが持っているままだとしても、ずっと返していないということは、存在さえ忘れているか、なにかの事情があって失われてしまった可能性の方が高い。星那は可夜子に申し訳なくなり、例の茶碗について、話題に出したり、探したりするのを、もうやめることにした。改めて、あの茶碗はいろんな面を持っていると思う。母や星那にとっては大切でも、可夜子には、家族が離れ離れになったことを思い出させるものでしかないからだ。

可夜子は祖母の家の処分についても、複雑な想いを抱いているようだった。

「この家、売れそう?」

片付けも終盤にさしかかった頃、そう訊ねてきた。

会社で広告を出してから、かれこれ数ヶ月が経過しているが、課長も予想していた通り、問い合わせは数件しかなかった。そのうえ、いずれも手応えは弱そうだ。見聞きする限り、理由はつぎの通りである。

築年数がかなり経過しているが、耐震性などは大丈夫か。すぐ裏手に山があるけれど、台風や大雨で、土砂崩れする危険はないか。庭にある茶室は、管理が大変ではないか。そういった感想がつづき、懸念事項ばかりが浮き彫りになった。たしかに地震に耐えられるほど、強度があるわけではない。去年の大雨では、数百メートル先で実際に地滑りが起こっていた。茶室付きという条件も、普通に考えれば障害でしかない。段階的に価格を下げたものの、目立った進展はなかった。

そんな報告をすると、可夜子は独り言のように呟いた。

「お父さん、どうしてあの家にこだわるんだろうね」

いっそ壊した方が、楽になるのではないか。そもそも家は建て替えるものだし、これまで中川家が特殊だったのだ。可夜子の一言からは、そんな本音が聞こえてくる。その一方で、あの家に詰まっている、祖母や母親との思い出が失われることに、彼女がなにも感じていないわけがなかった。冷たく距離をとる態度の裏側には、可夜子自身も割り切れない心境を読みとれた。星那は相槌を打ちながら、週明け、課長に様子を確認してみようと思った。


「あの物件、どんな具合ですか」

課長のデスクに訊きに行くと、課長は「こっちも相談しようと思っていたところなの」と前置きをしたうえで、こう言った。

「正直なところ、売り方を再検討した方がいいかもしれない。あなたのご親族が、茶室や建物を取り壊したくないと思うのも分かるわよ。あなたがご親族の気持ちを尊重したい、と思っていることもね。でもこのままじゃ、物件はいつまでも売れ残ってしまう。今のチラシは留保して、別の方向性も考えてみたらどうかしら」

「つまり、更地にして売る、ということですか」

「一度、よくお話してみて」と、課長は言った。

その日の夕方、星那は雅人さんに、話したいことがあると連絡した。どのように伯父に伝えよう。以前に話したとき、雅人さんは「更地にするのは避けたいな」と渋い顔をしていた。せめて建物だけは残したい、と考えているようだ。たしかに、祖父母は雅人さんにあの家を継いでほしいとは、一言も告げなかったようだけれど、いざ遺されると、思い出の詰まった大切な家なので、売ることはまだしも、壊すことは気が引けるのだろう。

しかし希望を押し通したところで、状況がよくなるとは思えない。だからこそ、課長もそう判断したのだ。星那が説得するべきは、課長ではなく雅人さんだった。考え方によっては、別の人の手に渡るのだから、建物を残したところで、もう「祖母の家」ではなくなる。だったらいっそ更地にした方が、みんなにとっていいのではないか。といったような切り出し方を思案していると、雅人さんから返事があった。今夜は時間があるという。

二人は会社近くの喫茶店で、待ち合わせた。雅人さんは中心街から近く、交通の便もいいエリアで、マンション暮らしをしている。会社を出ると、大型連休の最中とあって、観光バスに乗り降りする旅行者のグループを何回か見かけた。

チェーン展開されている喫茶店に、雅人さんは十分ほど遅れて現れた。「ごめんね、遅くなって」と悪びれずに言いながら、二人用のテーブル席で向かい合い、やって来た店員にコーヒーをふたつ注文する。

「それで、話って？」

星那はこの日、課長から言われたことを、なるべく角が立たない表現で、かつ婉曲になりすぎないように気をつけながら報告した。しばらく様子を見て、問い合わせはあったのだが、やはり建物の古さと茶室の存在がネックになり、このままでは買い手がつかないと上司は判断している。だから建物を切り離し、土地だけを売る方向で探ってみてはどうか。星那の話を、雅人さんは相槌を打ちながら、表情を変えずに聞いていた。

「じつは僕も、ある程度覚悟はしていてね」

星那が内心ほっとしたのも束の間、思いがけないことを切り出される。

「それで、お茶室だけでも、壊さずに移築してはどうだろうかって、赤松さんから提案されたんだ」

瞬きをくり返したあと、星那は訊ねる。

「赤松さんって、お道具屋の？」

「そう。先日、母の家で応対してくれたらしいね」

あのとき、可夜子は赤松を疑っていた。たしかに腹の内の見えない、あやしげな印象を受けたが、じつは物件のことまで雅人さんに助言しているとは、なんて神出鬼没な人だろう。雅人さんが赤松との商談を進めているなら、赤松の口車に乗せられ、騙されていないだろうかと少し心配になるけれど、星那がそのことを訊ねる前に、雅人さんははきはきとした口調でこうつづける。

「赤松さんいわく、茶室は古びがよしとされる建築だし、ここまで大切に使われてきた時間をすべてリセットするのは勿体なさすぎるって。それに茶室の移築って、そう珍しくないらしいんだよね」

「もちろん、それが可能なら、いいアイデアだと思いますが」

星那は遠慮がちに肯いた。

雅人さんはコーヒーを一口飲んで、こうつづける。

「賛成してもらえて、よかったよ。今年の暮れまでに移設先が見つからなかったら、更地にするつもりだから」

分かりました、と言って星那もカップを手にとる。

「可夜子から、なにか聞いてる？」

首を左右にふると、彼は「そっか」と頭に手をやってほほ笑んだ。

「最近、返信がなくてね」

どうも自分に怒っているんじゃないかと思うんだ、という雅人さんの話を聞きながら、彼にとって可夜子は、いつまでも「子ども」なのだなと星那は思った。成人し、仕事をして、誰かの妻になっても、娘として見ているのだろう。しかも父娘は離婚のあと、他人には分からない困難を、二人きりで日々乗り越えてきた。だからこそ、可夜子の方も雅人さんに素直になれないのかもしれない。

「今度お稽古で会うので、なんとなく訊いてみますね」

「助かるよ」

雅人さんはほっとしたように頭を下げた。

星那は「いえ」と首をふり、「今日お話したこと、上司に報告しておきます」と伝えた。

つぎのお稽古に行くと、教室の設えに大きな変化があった。炉から風炉へと変わったのだった。部屋の中央に四角くくり抜かれた穴ではなく、七輪のように独立した火袋に、釜がかけられている。たしかに涼しげで、風通しもよく感じられる。

お点前の内容も、風炉の手順になった。せっかくひとつずつ憶えていたのに、すべてリセットである。またイチから積み上げ直しだな、と内心肩を落としながら、先生から指示されるままに、星那ははじめて風炉で一服を点てた。

いつものお稽古では、お昼前に二人ともお点前を終えると、客の位置に戻って、扇子を膝前に置き、先生に終わりの挨拶をして終了、という流れである。ここで世間話をすることもあれば、「ありがとうございました」だけを交わす日もあった。この日は珍しく、澤山先生からこう訊かれた。

「このあとは、お出かけですか」

意外な質問に、星那と可夜子は顔を見合わせる。

「いえ、祖母の家の片付けをしに行く予定です」

星那は簡単に説明する。三年前に亡くなった祖母の住まいが、市内にそのままになっていること。祖母は生前にお茶を嗜んでおり、実家にたくさんお道具を遺したこと。近々処分される前に二人で整理をしていることなど。

「そうでしたか」

先生はどこか納得したように肯き、淡々とつづける。「分からないことがあったら、なんでも訊いてくださいね。そういう方は、ここの生徒さん以外にも、たまにお見えになられるんですよ。家にある道具や茶室の扱いが分からない、とか」

本当は先生のような茶人に、気安く相談すべきではないのかもしれない。お茶をはじめて数ヶ月なので、先生との正しい距離感のとり方など、星那はなにも分からない。けれども澤山先生の寛容さと、なにも分かっていないという事実に甘えて、迷いながらも打ち明けることにした。可夜子はとなりで、ほほ笑んでいる。星那には可夜子の真意も分からないが、今ほど茶室の移築について相談するいいチャンスはない。

「では、ひとつお伺いしてもいいですか」

「もちろん」

「祖母の家自体は、おそらく取り壊すことになりそうなのですが、茶室だけは、移築先を探しているんです。そういう事例って、あるものでしょうか」

そう訊ねてから、茶室を残せるなら、なんとか手を尽くしたいという気持ちが、自分にも芽生えていることに気がついた。雅人さんのためだけでなく、これまで時間をかけてお道具を整理し、お茶に親しみはじめているからこそだった。星那はお道具にふれながら、祖母との思い出や幼少期に招かれた茶会の光景を、くり返し思い描いていた。

「ええ、珍しくないですよ」

澤山先生は深く肯いた。いわく、多くの茶室に移築を経た歴史があるという。現に、先生の別邸にある茶室も、他から移築してきたものらしい。茶の湯の世界では古びは重宝されるため、仮にまるごと移築できなくても、解体され、新たな茶室として生まれ変わるという例もあるとか。


お稽古のあと、二人は祖母の家での掃除を終えて、帰路についた。この頃になると、未開封の箱は少なくなっていた。まだ蒸し暑くない、清々しい初夏の薫風が、山から吹き下ろされてくる。カエルの声も、おおきく聴こえた。

「よかったら、送っていこうか」

可夜子はお稽古場を出てから、ずっと物静かだったが、駐車場に着くと、とつぜんそう提案した。星那は肯き、助手席に乗り込む。クーラーをつけなくても、窓を開ければ十分に涼しかった。車を発進させ、白川通りに入るところで、星那はこう切り出した。

「雅人さん、心配してたよ」

「心配って？」

「返信、してないんでしょ」

ああ、と可夜子は困ったようにほほ笑んだ。

「移築のこと、反対してるわけじゃないの。ただ、そろそろこだわりを捨ててもいいんじゃないかって思うだけ」

京都の道は直線的なので、交差点を越えるたびに、どこまでも車のライトが連なっているのが見える。そういう京都らしい光景を目撃するたび、星那は自分を余所者だと感じてしまう。でも余所者だからこそ、ここに根を下ろし、暮らしている人々に惹かれる。可夜子もその一人だった。それなのに、可夜子本人は、この街の文化に距離を置こうとしている。この街で生まれ育ったからこそ、窮屈に感じるのだろうか。自分たちは対照的だな、と星那はつくづく思う。

「カヨちゃんには、何代もつづく家や茶室は、しがらみなのかもしれないけど、私の目には奇跡みたいに、すてきなものにうつるんだよね」

心に浮かんだ本音を、ぽつりと口にする。

南下するにつれ、通りに店や歩行者が増えていく。彼らも余所者だろうか。しかし百年や千年といった単位で考えれば、全員が仮初《かりそめ》としてここにいるだけで、いずれはいなくなる存在である。当たり前のことだけれど、祖母の遺したお道具と違って、人や建物はいずれ入れ替わる運命だった。

「ありがとう」

可夜子はハンドルを握りながら、まっすぐ前を見て、独り言のようにつづける。

「今日、星那が点ててくれたお茶、美味しかったな」

その横顔から、彼女の想いや抱えている葛藤を、すべて推し量ることはできなかった。けれども、星那は昔母から聞いたことを思い出す。なにもかも嫌になる日でも、一服のお茶に救われることがあるのよね——。コンビニや自販機がそこらじゅうにある現代に、わざわざ抹茶を点てる方法を習っても、なんの役にも立たないと思っていた。でもその不便さや非効率性にこそ、なにかの答えがあったりする。

「お茶って、意外といいものかもね」

可夜子ははじめてこちらを見て、そう言った。

5

なかなか梅雨の明けない、蒸し暑い日がつづいていた。低気圧のせいもあって、心身ともに調子が上がらない。バスから降りた星那は、折りたたみ傘をさして、伯父である雅人さんの薬局へと歩いた。

薬局は、祖母の家から徒歩十分の大通りに面した、二階建ての古い建物である。店舗のある一階の軒先には、木製の看板が掲げられている。傘をたたみながら、ガラスの引き戸越しに先客がいることに気がついた。

こちらに背を向け、顔は見えないが、雅人さんと談笑している。この店には珍しく、スーツ姿だった。引き戸を開けると、冷房の乾燥した空気にまじって、漢方薬の香りに包まれる。病院にも似た、薄荷《はっか》や苦みのある草の香りである。正面には、カウンター越しに百味箱の棚があり、客が腰を下ろすための椅子が並んでいる。

「ああ、こんにちは」

ふり返った先客は、赤松だった。星那は一拍置いて、軽く会釈を返す。二人はカウンターのうえに、タブレットを置いて見ていた。ちらと視界に入ったのは、可夜子とともに苦労して撮影し、まとめてきた祖母の茶道具の画像だった。

「少し待っていてもらえるかな」

雅人さんから言われて、「分かりました」と、星那が店の隅に移動しようとすると、赤松が声をかけてきた。

「先日はどうも。修子さんのお孫さんですね」

ええ、と星那は小さく肯く。どうやら赤松は、祖母の葬式で交わした短い会話を、まだ憶えているようだった。雅人さんから事前に説明を受けたらしく、「タブレットにまとめられた画像は、とても見やすくて、丁寧に整理をなさったことが伝わります。おつかれさまでした」と述べた。おそらく営業トークのお世辞だろうけれど、星那は赤松に売り込むために画像をまとめたわけではない。複雑な心境になりつつも、大人の対応を心がける。

「プロの方にそう言っていただけて、光栄です」

「いえ、雑に扱う人は、本当に雑ですからね」

雅人さんに向かって、赤松は言った。どうやらお世辞ではなく、本心からその画像を褒めているらしい。星那は改めて、赤松のことを眺めた。若々しく見えるけれど、根元はほぼ白髪で、雅人さんよりも一回り年上かもしれない。この暑さにもかかわらず、ジャケットを腕にかけ、麻地のネクタイにお洒落なピンをつけている。少なくとも星那の職場では、こんな風にスーツを着こなす人を見かけない。

「先日、彼女はうちの娘と、お茶をはじめたんですよ」

雅人さんが横から言い、赤松は笑みを浮かべた。

「それはすばらしい」

大袈裟ともとれる反応に、星那はますます胡散臭さを感じる。

赤松は星那に向かって、こう伝える。

「今度、うちの店にも来てください。いつでも歓迎しますよ。では、そろそろ私は失礼しますね。お時間いただいて、ありがとうございました。中川さんも、お話した件、ぜひ前向きにご検討ください」

赤松が去ったあと、星那はカウンターの椅子に腰を下ろし、この日準備してきた書類を鞄から出した。茶托にのった湯呑を受けとりながら、喫茶店に来たような気分になる。ここに来ると、いつもそう感じた。実際、祖父の代から、この店は薬局というよりも、近隣住民の憩いの場に近かったらしい。

「赤松さんは、うちのお道具を一括で買いたいらしい」

驚いた星那は、「まるごとですか」と確認する。

「うん、茶室も含めてね」

「え、茶室も?」

雅人さんいわく、赤松に茶室を任せる場合、移築するか、解体して古材としてバラバラに売られるかは、まだ分からないという。それでも、移築先が見つからず、処分せざるを得なくなるよりもマシだから、と雅人さんは印鑑をカウンターの上に置いて言った。

「腑に落ちていない顔だね」

「そんなことは」

星那は苦笑する。ただ、そんなにいい話があるだろうか、と感じていた。向こうだって慈善活動をやっているわけではないだろうし、むしろきな臭い世界というイメージがある。なぜ中川家の茶室に、そこまで譲歩してくれるのだろう。こちらが知らない価値を、相手は見出しているということか。

「返答は？」

「まだだよ。迷っていてね」

相変わらず、煮え切らない様子ではあるが、雅人さんが「売る」という方向に傾いていることは、容易に察しがついた。しかし中川家は、すべての茶道具を今すぐ売却しなければならないほど、経済的に困窮しているわけではない。急いで処分する必要はないのに、雅人さんは赤松の言いなりになっているようで、もどかしい。

雅人さん自身もまだ迷っているのか、自分に言い聞かせるように、こちらが質問してもいないのに、言葉を重ねる。

「たしかに寂しいけど、助かる面もあるんだ。複数の業者に持ち込むよりも、だいぶ楽に処分できるし、全部買いとってくれるなんていう提案は、この先ないかもしれない。それに向こうの付け値も悪くないんだ。茶室も含めるなら、値段はもっと弾むと言われた」

今の話が本当なら、尚のこと、あやしい道具屋だ。

そう思いながら、星那は書類の説明をはじめた。

猛暑とともに、会社は閑散期に入り、プライベートの時間がさらに増えた。星那は週末だけではなく、平日の夕方などから、稽古場に行くようになった。この頃には、「通し稽古」にも慣れて、可夜子とは別々の時間帯を選ぶことも珍しくなくなっていた。勘のいい課長からは、「終業時間が待ち遠しそうね。最近、有給もちゃんと消化してるし」と声をかけられた。「課長を見習って、趣味を見つけたんです」と星那が答えると、課長は「あら、いいじゃない」と眉を上げていた。

夏にいただくお茶は、冬とはまったくの別物だった。抹茶の味自体は同じだが、冬にいただく、ほっこりと温かいお茶に比べれば、いくら空調が効いた室内とはいえ、蟬の大合唱を聞きながら、夏にいただくお茶は熱くて、額に汗がにじむ。それでも、サウナのような不思議な爽快感があって、暑さは冷たさだけではなく、熱さでもしのぐことができるのだと実感する。暖をとる冬のお茶に対して、夏のお茶は暑さを払うようだった。

平日の稽古場には、星那の他にも、何人かの生徒が通っていた。たとえば、母娘で習っているらしい二人組。それから、男性の生徒とも同席した。外国人っぽい雰囲気の漂う、日に焼けた男性だ。年齢は星那よりも年上である。挨拶をすると、じっと見つめられた。不覚にも、星那はどきどきしてしまう。

「失礼ですが、以前にお会いしていませんか」

彼は遠慮がちに、声をかけてきた。

「ここの入り口で」

「あのときの」

思わず、声が大きくなった。今年の二月、外回りの最中に、たまたま稽古場の前を通りかかった日のことがよみがえる。玄関先をのぞきこんでいたら、用事があるのかと声をかけられたのだ。男性でもお茶に通う人はいるのだな、と意外な気持ちになった。

「またお会いできてよかったです。僕はジョーと申します」

また会えてよかったという台詞にも、外国っぽさを感じる。ジョーという名前にしてもそうだが、日本ではない国のご出身かもしれない。確かめようとしたとき、澤山先生が稽古場に現れた。

「お待たせしました。さて、まずはジョーさんにお濃茶を点ててもらいましょうか」

ジョーさんは立ち上がり、水屋に消えて行った。

濃茶というのを味わうのは、まだ数回目だった。最初にいただいたときは、ドロッとした舌ざわりに面食らった。こんなに濃いのか、と。しかも一服ずつ、個別に点ててもらえる薄茶と違って、その場にいる人たちと回し飲みする。となりにいる母娘が、さり気なく小茶巾を準備しているのを見て、星那もあわてて数寄屋袋のなかを探す。濃茶では、口をつけたあとの茶碗を拭くために、小茶巾をあらかじめ用意しておくのだった。

居ずまいを正し、ジョーさんの点前を見つめる。

濃茶のときは、薄茶よりも高級な抹茶を準備するという。だから茶入も、煌びやかな布袋——仕覆《しふく》というらしい——を着せられている。ジョーさんは仕覆に包まれた茶入を左手にのせて、てきぱきと丁寧にぬがせる。するとなかから、いつもの棗ではなく、象牙の蓋がついた壺型の陶器が現れた。

稽古場はかすかに空調の音がする以外、沈黙に包まれていた。全員が見守るなか、二回にわたって湯が注がれ、濃茶が練られた。薄茶のシャカシャカよりもゆっくりと、祈りでも込めるように。やがて差し出された茶碗を、同席した生徒さん母娘のうち、正客をつとめている母親の方がとりにいった。

濃茶を一口飲むと、正客と亭主のあいだで会話が交わされる。

「お服加減はいかがですか」

「けっこうでございます」

この日も例外ではなく、決まり文句を口にしながら、ソムリエっぽいやりとりが厳かにとり行われた。「お茶銘は?」「お詰めは?」という具合である。星那は茶道を習うまで、抹茶や茶葉にも銘柄があることを知らなかった。そのやりとりが終わると、ふと床の間に飾られたお花に目が向く。澤山先生の教室には、来るたびになにかが待っていた。毎回異なるお道具だけでなく、掛軸やお花も、さりげなく変化する。といっても、先生はいちいち説明しない。だからこちらが見過ごしても、とくになにも言われない。

「今日は、木槿《むくげ》ですね」

客たちが濃茶をいただくあいだ、ジョーさんが呟いた。

「夏らしくていいでしょ」

「ええ、草紫陽花と糸ススキも涼しげです」

ジョーさんは草花に詳しいようだった。星那は二人のやりとりを聞きながら、床の間に飾られる白や水色のちいさな花――茶花というらしい――を眺めた。茶花は、派手なフラワーアレンジメントとも、奇抜な生け花とも違っている。いつも一輪か数えるほどの草花が、さりげなく質素に飾られるだけだ。ただし、入れ物との組み合わせは多様で、籠を柱に掛けたり、陶器を床に置いたりする。毎週、見知らぬ花が登場し、新しい名前を耳にした。茶花は、花屋で売られている商品とも趣が異なり、庭から摘んだり、ご近所さんと交換したりして、入手しているらしい。

星那は窓ガラス越しに、生命力にあふれる夏の庭に目をやった。花や実の目立たない、質素な常緑樹がほとんどである。ソテツだろうか、異国情緒のただよう樹木もあった。うっそうと茂った緑のなかに、苔生した灯篭や飛石が点在する。秩序がないようで、どの植物もきちんと手入れされ、なぜか眺めていると心がやすらいだ。

稽古場では、ジョーさんの他にも、印象的な生徒さんと出会った。浅羽《あさば》さんという、星那にとっては母親世代の女性だ。

はじめて同席した稽古で、星那のとなりに座った浅羽さんは、お茶のいただき方を、あれこれと細かく指示してきた。「いつになったら、お菓子をいただくつもり?」「そこで一度畳のヘリの外に置かないと、窮屈で茶碗の拝見なんてできないでしょうに」「そんな風に畳のうえでお茶碗をひきずっちゃ、高台が傷つくじゃない」などと、浅羽さんの指摘は容赦なく、どこか嫌味っぽく聞こえた。ストレートに「あれをこうするといいよ」と教えてくれればいいのに、見下すような言い方に感じられるのだ。

何回目かに同席したとき、星那がお点前をしている最中に、稽古場に訪問者があり、「すぐ戻りますので、浅羽さんに代わりに見てもらってください」と先生は言って、その場からいなくなった。そのあと、たっぷり数十分「浅羽節」がさく裂した。星那は心拍数が上がり、いつも以上にミスを連発した。そして指摘されるほど、うまく手が動かなくなった。心の動揺を反映するように、畳のうえに何度も水がこぼれ、いたたまれない気分だった。やっと水屋に引き上げた直後、「ふぅ」と深いため息が漏れた。

「仕事でもあんな調子なのかな」

稽古のあと、星那は可夜子に言う。

「私もこのあいだ、浅羽さんからいろいろ指導されたよ」と言って、可夜子は浅羽さんの口調を真似してみせた。「持ち方、また間違えてる。なんて雑な扱い。見てる方がひやひやするんだけど、とかね」

「分かるー。浅羽さんって、生活指導の先生みたいだよね」

「ま、気にしないのが一番だって」

可夜子の言う通りだと分かりつつ、浅羽さんの棘のある言い方は、お稽古のあとも、心に残るようになった。お金を払って、忙しいなか教室に来ているのに、叱られて意気消沈するなんて、趣味の世界でも人間関係というのは厄介だ。いつだったか、母が「どんなにお茶が好きでも、人間関係が原因で辞めていく人は、たくさんいるからね」と、呆れた調子で漏らしていたのを思い出す。

たとえば、引っ越しにともない、自分に合わない先生のもとでお茶を習うことになって、ストレスで気を病んでしまった人。生徒同士の悪口合戦が絶えない稽古場。個人の資質というよりも、相性の良し悪しのせいで、教室は円満にも修羅場にもなるのよ、と母は言った。しかも困ったことに、つづけてきた期間が長いほど、またお茶を好きな気持ちが強いほど、辞めることは難しくなる。なんて恐ろしい世界だろうと、星那は改めて実感する。

実際、苦手な人が一人いるだけで、稽古場に行く足取りは重くなった。星那はストレス解消のために、その週末、可夜子の夫の趣味である釣りに同行することにした。久しぶりに訪れる琵琶湖は、夏休みももう終わりだというのに、湖水浴に来た観光客でにぎわっていた。雲ひとつない晩夏の空を反射して、深い青色に輝いている。きらきらと透き通った水面に、釣り竿から糸をたらして魚を待つ。しかし三十分も経たないうちに、星那と可夜子は手持ち無沙汰になり、教室での愚痴をしゃべって過ごした。

「自由な時間を楽しむために、わざわざカヨちゃんをお茶に誘ったのに、逆にストレスが溜まるなんて、本末転倒だよね」

「ほんと、ほんと。釣りの方が、お金がかからなくていいよ」

夫は一人投げ釣りをしながら、「二人とも、もう飽きてるくせに」と呆れていた。

◆

九月も下旬になり、浅羽さんとなるべくかぶらないように、慎重に日程を選んだお稽古のあと、一人で駅まで歩いていると、コンビニから出て来たジョーさんと鉢合わせした。その日は生徒が少なく、ジョーさんと他数名だけだった。ジョーさんは「おつかれさまです」と星那にほほ笑みかけたあと、「地下鉄ですか」と訊いた。

二人はその流れで、並んで歩いた。日中は残暑厳しいとはいえ、夜になると涼しい風が吹きぬけるようになっていた。とくに稽古場の近くは、山が近くて気温も下がる。水筒に入れたお茶を飲んでいるジョーさんを横目で見ながら、やっぱりおおきな手だなと思う。ジョーさんのお点前にメリハリがあるのは、おおきな手の効果だろうか。

「ジョーさんは、どうしてお茶をなさってるんですか」

星那が訊ねると、彼は「仕事がきっかけですね」と答えた。

「僕は庭師をしてるんです」

意外な職業に驚きつつも、腑に落ちる。たしかにジョーさんは日に焼けているし、稽古場に飾られている茶花に誰より詳しかった。さまざまな要素が、庭師であるという事実で、一本の線につながる。どうやら、澤山先生の庭もジョーさんが手入れをしているらしい。見ているだけでほっとする、すてきな庭を生み出していたのは、この人だったのか。

ジョーさんいわく、京都で庭を持つ人は、茶道を嗜んでいる場合が多く、勉強のために習いはじめたという。茶道は総合芸術なので、作庭にも役立つ。しかし今では、純粋にお茶をいただく時間を大切にしたくて、お稽古に通いつづけているらしい。オープンに自分のことを語るジョーさんのとなりで、星那はもっと彼のことを知りたくなった。

「星那さんは、なぜお茶を?」

そう訊ねられ、今度は星那が自身のことを話す。祖母が長年お茶をやっていたのだが、自分も興味を抱いたのは、最近になってからだと話すと、「そういうものですよね」とジョーさんは共感するように肯いた。「僕にとっても、茶の湯は年をとるごとに、受け止め方が変化するものです」

それから二人の話題は、稽古場のことにうつった。

「困っていることとか、ないですか」

真っ先に浅羽さんの顔が浮かんだ。

するとジョーさんは見透かすように、「浅羽さん？」と言った。

「分かりますか」

星那が訊ねると、ジョーさんは笑った。

「私も可夜子も、なにも分かっていないから、いつも注意されるんですよ」

ジョーさんは楽しそうに、こう提案する。

「自分からいろいろ訊いてみたらいいのでは？」

「私から、ですか。絶対にムリですよ、怖くって」

星那は力を込めて手を左右にふる。

「遠慮しなくていいのに」

あっという間に、地下鉄の駅に到着していた。

改札をくぐってホームに降りると、ジョーさんはこう訊ねた。

「でも浅羽さんの言う通りにすると、お点前がしやすくなると思いませんか」

そう言われれば、と星那は真顔になる。たしかに指摘の口調はきつくても、その内容はすべて理にかなっていた。注意された直後は、動揺してうまくいかないけれど、そのあと浅羽さんのいないところで、指摘されたことを思い出しながら進めると、動作に緩急がつき、水や湯を畳にこぼす確率も、うんと低くなった。今まで接し方にばかり意識が向いていたが、それによって、お点前が改善されたというのも事実だった。

ジョーさんにそのことを話そうと思ったとき、ホームに電車が滑り込んだ。「じゃあ、僕はこっちなんで」と言って、ジョーさんはお辞儀をする。「では、また」と会釈し、彼が車両に乗り込むうしろ姿を見送る。もっと話したかったな、と星那は思う。またジョーさんとお稽古で会える日が、待ち遠しくなった。

つぎのお稽古に、ジョーさんは現れなかった。代わりに、浅羽さんが入って来た。他の生徒はおらず、珍しく浅羽さんと星那だけだった。星那は気まずく感じつつも、ジョーさんと地下鉄のホームで話したことをふり返り、これからは浅羽さんからいろいろと学べればいいなと思った。すると澤山先生が、「今日は、浅羽さんから点てていただきましょうか」と言った。

彼女のお点前をちゃんと見るのは、星那にとってはじめてだった。

星那たちも普段くり返している、薄茶の点前だった。最初に蓮釉庵を訪れたときも、澤山先生は薄茶を点ててくれた。ほとんどなにも知らなかったので、なんかかっこいい、と漠然と感じただけだった。今では、日々同じことをくり返し、他の生徒のお点前も目にして、ひとつひとつの動作の意味と、それを滞りなくこなす難しさを実感している。

だからこそ、星那の心は動かされた。

まず、浅羽さんはお辞儀から違った。ただ頭を下げているだけなのに、なにかが違う。足の運びも同様だった。帛紗を捌《さば》く、湯を注ぐ、茶筅通しをする。どの動作も、決められた型を忠実に守っている。アレンジを加えているわけでも、崩しや省略をしているわけでもない。それなのに、なぜか特別にうつり、目が離せなくなった。

茶碗や柄杓から、最後の一滴が建水《けんすい》に垂れるかすかな音の気配が、ときおり静寂のなかに響くことで、いっそう静寂が深まった。そうしたアクセントを随所に置きながら、しなやかに自然と流れてゆく。それでいて、ひとつひとつの仕草に緩急がある。

浅羽さんのお点前では、手を止めたり、ひと呼吸置いたり、なにもしていない空白の間さえも、際立っていた。細部まで神経が通っているので、舞いを鑑賞するときと同じで、目で追うだけで心地いい。気がつくと、星那は自分を省みていた。

こんなお点前ができる浅羽さんだからこそ、星那や他の生徒たちの、さまざまな欠点が目についていたに違いない。今までその指摘を、「めんどくさい」と感じていた自分を、星那は深く反省した。むしろ浅羽さんは、よからぬ癖がつく前に正してくれていたのかもしれない。それを知っているから、先生は浅羽さんに代わりをお願いしたのだ。

差し出された茶碗のなかには、細やかな泡が立っていた。席に戻って、口をつけると、ちょうどいい渋みと温かさが、なめらかに喉《のど》を通った。最後まで飲み切り、すっと音を立てると、頭のなかが冴えわたる。

人を感動させるお点前が存在すること、そして同じ動作でも、こうまで突き詰められることを、星那ははじめて知った。この人に近づきたい。と同時に、どうしてこの人は、こんなお点前ができるんだろう、いつかよく知り合いたいと思った。

6

立冬が過ぎると、いろいろなことがスムーズに進みはじめた。まず、赤松からの紹介で、祖母の茶室を見学したいという人が現れた。雅人さんいわく、会ってみると「上品な老夫婦」で、茶室をずいぶんと気に入ってもらえたという。茶室の移築も現実的になってきた。

お稽古にも、少しずつ変化が訪れた。ふたたび炉に戻っただけでなく、畳や障子も新しくなり、空間全体が生まれ変わったように感じた。「炉開き」というらしく、茶人にとっての正月なのだとか。

たしかに設えも、華やかだった。床には、漆で仕上げられた薄板を敷いて、そのうえに青銅の花入を飾り、白い椿の蕾を添えている。花に添えられた寒菊の葉――先生が名前を教えてくれた――は、一枚一枚が紅葉し、部分的に枯れているが、その枯れ方も魅力的にうつった。以前、虫に食べられた葉っぱが飾ってあって、驚いたことがあるけれど、床の間にあると、不思議とかわいらしい。

床の間には、縦長の掛軸もかけられていた。いつも通り、くずし文字の読み方はさっぱり分からない。どうせ分からないので、星那は自己流に、絵として眺めることにしていた。意味を読みとろうなんていう無謀な挑戦はやめて、字面を楽しむのだ。掛軸には、五つの塊があった。上の方の塊には、どっさりとした量感があり、墨も濃いが、下に行くにつれて、線は掠《かす》れて細くなっていく。

「これは、開門落葉多、ですね」

先生いわく、窓を開けたら、庭の木々の葉がいっせいに落ちて、季節が巡っていたという情景を表し、物事の諸行無常さを表しているのだとか。そう言われて見ると、重たげに墨ののった上の方の漢字は、今にも落ちそうな枯れ葉をつけた木々を思わせる。そこから下に向かうにつれて、つらいことも嬉しいことも、いずれは流転し、消えてしまうのだ、という儚《はかな》さのようなものが漂っている気もする。

「今日は可夜子さんから、薄茶を点ててください」

可夜子は「はい」と答えて、水屋に準備をしに行った。一礼して、彼女のお点前を見守りながら、星那は水指のある棚が、奇妙な形をしていると気がつく。畳と接する地板よりも、天板の方が大きい。まるで上下逆さだ。

この日、星那の気づきはそれだけではなかった。可夜子が柄杓をとって、湯を汲む。その所作を見ながら、炉になって、釜がこちらに近づいたことに意識が向く。風炉では、釜と客のあいだには、冷たい水の溜められた水指が置かれていた。けれども、炉では、釜とのあいだを隔てるものはなく、一気に近づいた。釜が近づけば、客の手も温まる。

「どうぞ」

先生に促され、星那は茶碗をとりにいく。

赤茶色の素地に、鼠色の釉薬がこってりとかかっている。鮮やかな紅葉に、冷たい秋雨が降ってくる光景が、脳裏をよぎった。冬が近づいている。ガラス戸の向こうの庭も、とっくに闇に沈んでいた。つい先日まで、明るいうちに帰れていたのに——。

つぎの瞬間、ガラス戸で、夜の庭と、自分がお茶をいただく姿が重なった。

ふいに鏡を向けられたようで、自然と背筋が伸びる。

その感覚を、星那はなつかしく思う。

そうか、バレエ教室と同じだからだ。バレエ教室も、壁が鏡面になっていて、その前で自分の動きを確認した。星那はバレエ教室に、幼稚園の頃から中学の頃まで通っていた。母がママ友からお試しレッスンに誘われたのがきっかけだったが、その日のうちに、自分から「通いたい」と強く申し出たらしい。

小学四年生のとき、星那は祖母から手作りのトゥシューズのカバーをもらった。そのあとトゥシューズを履くようになって、教室に来なくなった同級生もいたが、星那の足は幸いにしてトゥシューズに慣れていった。なにより、踊ることが好きだった。クラシック音楽に合わせて、同じ動きをくり返すうちに、上達するのが楽しかった。

しかし中学生になると、バレエ教室での指導が急に厳しくなった。先生は星那をプロにさせるつもりで、本気で教えていた。星那は本心では、学校の友だちと遊んだり、行事に取り組んだりもしたかったが、先生の期待に応えるために、部活には入らず、放課後もほぼバレエのレッスンに捧げた。

そんな中学三年生の夏、足首の靭帯を損傷した。バレリーナにとって、足関節の捻挫は日常茶飯事であるが、星那は医師から、バレエをつづけるのは難しいと告げられた。いくら努力しても、克服できないこともあると知った経験だった。

そして今、茶道教室の稽古場で、ガラス戸にうつった自分と対峙しながら、当時の痛みや悔しさを、ぼんやりと思い出している。

考えてみれば、バレエと茶道はよく似ている。バレエでは、全身の重みを爪先で支えるために、極度の痛みをともなうが、茶道でも、長時間の正座による足の痺れを隠して、美しい点前を続行させる。ひとつひとつの型をくり返し学んで、全体の流れを習得するというところも共通していた。浅羽さんのお点前を見たときに、舞いを鑑賞しているみたいだ、と感じたのはそのせいかもしれない。

稽古場がガラス戸に面しているのも、きっと偶然ではないだろう。面白いことに、お点前には「鏡柄杓」という所作もある。鏡のように、柄杓を身体の正面で構えるポーズだ。点前座でいよいよお茶を点てはじめるというタイミングで、呼吸をととのえるために行われる。自分と向き合いながら、理想に近づけていくバレエの精神とも共通する。

そんなことを考えていると、先生からお点前をするように指示された。

水屋に入ると、可夜子が壁に手をついて険しい顔をしていた。

「めっちゃ痺れた」

「おつかれ！　そんな風には全然見えなかったよ」

「ふー、久しぶりだと大変だわ」

けれども口調には、高揚した響きがあった。可夜子が帛紗を腰からとり、和室に戻っていったあと、星那は茶碗を仕組み、茶道口で挨拶をする。畳のうえで歩みを進めるが、その先に待つ炉での置き合わせの位置を、すっかり忘れていた。五月にも思ったが、せっかくお点前に慣れてきたところで、炉と風炉が切り替わり、イチからやり直しだ。澤山先生の指導がなければ、なにもできない状況に戻っている。

「そこで身体をこちらに向けて」

「左手で柄杓の節の下をとって」

その都度、はい、はい、と小さく答える。

無事に一服を点て終えたとき、星那はあることを実感した。なんだ、炉だと思って身構えていたけれど、風炉によく似ているではないか。すると点前の終わり近くになって、はじめての現象が起きた。

片づけるために、左手で茶碗の水を建水にあけると、なにも考えなくても、勝手に右手が茶巾にのびた。今度は、茶碗を膝前に置いた右手が、自然と茶筅に向かう。右手で茶杓をとってから、建水を下げた左手が、そのまま腰につけた帛紗にふれる。

茶杓を清め、帛紗を建水のうえではらう。置き合わせをしてから、水指の真ん中ほどの深さから水を汲んで、釜に一杓さす。それからも、最後に茶道口の前で一礼するまで、一度も指導されなかった。

畳から顔を上げると、澤山先生がおだやかにほほ笑んでいた。

室内で温まったせいで、教室を出ると、冬のような寒さに感じられた。銀杏の匂いがただよい、路肩には落ち葉が積もっている。身を縮めながら、車で来た可夜子と別れ、一人地下鉄の駅まで歩く。星那はしみじみと、この日の稽古についてふり返った。

奇妙な感覚だった。お点前のあいだ、秋の空のように、頭が冴えわたっていた。無我の境地にいるようで、意識は集中している。リラックスしているのに、研ぎ澄まされている。雑念や日常のあれこれは、すべて消えていた。

あれが身体で憶える、ということか。

身体で憶えてはじめて、すべての所作が無駄なく、効率的に構成されていることを実感できた。手が右往左往しないよう、つねに近くのものへと動くように、順番や位置が決められている。慣れないうちは「なんのためにやるの」と疑問だらけの凸凹道だったのに、急に滑らかなレールに変わったみたいだ。

それにしても、なぜ炉に切り替わったとたんに、あんなことが起こったのだろう。ふり返れば、全体の流れは違っても、ひとつひとつの基本的な動きは、多く共通している。微妙な変化があるからこそ、かえってそれが緊張感を生み出し、身体の記憶を信頼するしかなくなったのかもしれない。

本当に、バレエとよく似ている。身体が頭を追いこしてゆく感じ。何度も練習して、身体を信じられるようになってはじめて、感情を動きに乗せることができた。なんだか、楽しくなってきたぞ。地下鉄の階段を駆け下りながら、通路の鏡にうつった顔が、にやにやしていた。

◆

しかし師走に入ると、職場でトラブルが起こった。

星那が担当しているマンションのオーナーから、契約を打ち切りたいという連絡があったのだ。しかもそのオーナーは、星那ではなく課長に直接連絡をしてきた。課長からはオーナーがなんと言ったのかは聞いていないが、クレームがついたのだろう。

「ひと通り事情は聞いたわ」

「本当にすみません」

オーナーは会社と長期にわたって契約をしている、お得意さまの一人だった。しかしここ数年、そのマンションのほとんどの部屋が契約まで至っていなかった。だから星那は、思い切って賃料を値下げしてはどうか、と提案していたのだ。

「値下げを提案するのは、悪いことじゃないのよ。でも大事なのは、相手も納得したうえでの家賃設定なのかっていうこと。本当に、あのオーナーさんは値下げすることに同意していたと思う？」

星那は返事ができなかった。

たしかに近頃の自分は、いろいろとうまく行きはじめたせいか、調子にのって、細かな対応を怠っていた。というのも、今年になって、課長の改革の成果もあり、後輩たちがつぎつぎといい成績を出しはじめていたからだ。自分もあとにつづきたい、という気持ちばかりが先行して、交渉の仕方が雑になっていたと気がつく。

「中川さんが一生懸命なのは分かるし、数字が重視される業界には違いないわ。でも利益よりも、お客さんのことを優先するべき場面もある。それに、あなた様を大切にしているということを、お客さんに伝える接し方をするのは、営業の基本じゃない？」

まったくその通りだった。

翌日、課長は星那を連れて、直々にそのオーナーを訪ねた。

しかしオーナーの怒りは、おさまっていなかった。

「私はだいたい、値下げすることには反対だったんです。でも値下げをすれば、きっと満室になるって言われたから、あなたを信じて言う通りにした。それなのに、結果はむしろ悪化したくらいだった。あなた方は、自分たちの利益さえ守れれば、それでいいんでしょう。数字が大事なのは分かりますけど、家を借りる人、家を貸したい人、一人一人の顔をちゃんと思い描いているようには、とても思えません。私は信頼関係を築けない相手に、物件を任せる気はありません」

帰り道、星那は自分が情けなさすぎて、課長に深々と謝った。課長は「あなたはまだ若いから、これを教訓にして頑張ってちょうだい」と言ったが、明らかに落胆していた。星那は失敗した分を取り戻そうと努力した。

しかし努力するほどに、結果はついて来なかった。いくら営業を頑張っても、成功しなくて当たり前という業界である。期待する分、結果に裏切られる回数も増える。精神的にも体力的にも、星那の疲れは溜まった。

当然、お稽古に行けない日もつづいた。お稽古を休むときは、お菓子を準備する先生に迷惑をかけないように、早めに連絡を入れる。当日に連絡しても、澤山先生は文句も嫌味も一切口にしないが、後味はどうしても悪い。

せっかくお稽古も楽しくなってきたのに。

年内最後のお茶のお稽古には、なんとしてでも時間を捻出するつもりだったが、直前になって、今度は担当していた案件のミスが見つかった。星那だけの責任ではないにせよ、契約に関わる大きなミスだった。いくつかの取引先にお詫びの電話をかけ、新しい書類を作成して、改めてサインをもらいに行かなければならない。

そのフォローをするために、お稽古どころではなくなった。一分でも惜しいなか、星那は澤山先生に、今日も欠席するという電話をかけた。先生は残念そうに「体調には気をつけてくださいね、よいお年をお迎えください」と答えた。

心身ともにくたくたになって、深夜にマンションに帰ると、可夜子からＬＩＮＥが届いているのに気がついた。

［お仕事、お疲れさま。先生からお菓子だけ預かってるけど、持って行ってもいい？］

四時間前のメッセージだった。

今頃、可夜子は寝ているだろう。

［ごめん、今見たよ。ありがとう。でも明日もたぶん残業になるから、古くなっちゃう前に

夫婦で食べて」

しばらく待ったが、既読にはならなかった。スマホを放り出し、ソファに横になる。服や書類で散乱して、床は足の踏み場もないほどだ。つい笑みが漏れる。こんなに汚い部屋で暮らしていて、お茶をやっていますなんて、ちゃんちゃらおかしな話だ。スマホが震えて、可夜子もまだ起きてたのかな、と手にとる。しかしプレビューで表示されていたのは、自動配信される広告メールだった。

――茶室の移築なんだけど、このあいだ断られたよ。

雅人さんからの連絡が、頭をよぎる。「いい手応えだった」と聞いていた分、ショックは大きかった。断りの連絡もとつぜんだったらしく、期待していただけに、雅人さんも意気消沈していた。このまま行けば、茶室の取り壊しも免れないだろう。

◆

東京の実家にも帰れないまま、一月になった。一人で迎える正月は味気なく、新年になった実感も持てずに、また仕事がはじまった。星那は昨年の失敗を挽回すべく、お正月セールをしている物件のチラシを、担当エリアにポスティングしに行く。

まだ五時になっていないのに、うす暗く、冬の底にいるような寒さだった。大きな案件の処理も終えていたので、直帰すると会社に連絡した。久しぶりに自炊をしようか、その前に荒れ果てた部屋をなんとかしなくちゃな。そんなことを考え、バス停に立っていたら、声をかけられた。

「中川さんだよね？」

スマホから顔を上げると、見憶えのある女性が自転車のハンドルを持ちながら、こちらを見ている。お稽古場で知り合った、あの浅羽さんだった。彼女だと認識するのに数秒がかかったのは、雰囲気が違っていたからだ。いちばん違うところは、シニヨンにした髪型である。しかも崩れないように、しっかりとスタイリング剤で固めている。お稽古場での浅羽さんは、ひとつくくりか下ろしているかのどちらかなので、その姿を見て、星那ははっとした。

「浅羽さんって、バレエをなさってます？」

「よく分かったね。すぐそこのバレエ教室で、先生をしてるんだ」

浅羽さんは息を白くさせながら答えた。

「じつは私も、中学までバレエをやってたんです」

「へぇ、どこの教室？」

「東京です。京都には就職してから、引っ越してきたので」

そうなんだ、と浅羽さんは明るい表情で言った。

お稽古場では話をするのも緊張するが、外で会っているせいか、目の前の浅羽さんとは気楽におしゃべりができた。中学のとき、足の靭帯を痛めて以来、バレエはずっとやっていないけれど、たまに自宅で、昔習った柔軟体操や、軽いバーレッスンをして、気分転換していると話した。すると浅羽さんは「それは賛成だわ」と肯いた。

「お茶のお稽古でも、バレエの動きはけっこう役に立つからね。逆にお茶をやってると、バレエの動きにも、メリハリが生まれるし。じつは茶道教室に通うバレリーナって、全国にけっこういるんだよね」

星那は目を丸くする。

たしかに今までのお稽古でも、何度かバレエを習っていた頃の記憶がよみがえっていた。お茶とバレエの共通点を感じているのは、自分だけではないようだ。よく考えれば、浅羽さんの姿勢のよさ、手先にまで神経の行き届いたお点前の動きは、バレエの延長線上にある。

浅羽さんは自転車にまたがって言う。

「顔を見られて、安心したわ。最近、教室で見かけなかったから」

意外な一言に、星那は胸がじんとなる。

この人の厳しい指導は、面倒見のよさの裏返しだったのかもしれない。

「年末から、ずっと仕事が忙しかったんです」

「そっか、初釜はどうするの？」

初釜とは、いわば新年の釜開きであり、一年でもっとも華やかな茶会らしい。すべての生徒が着物姿で集まって、先生の点てたお茶をいただく。しかし普段のお稽古をサボっている自分が行けば、真面目に通っている他の生徒にも迷惑をかけるだろう。だから初釜は、自主的に遠慮するつもりだった。そのことを伝えると、浅羽さんは残念そうに「そう」と呟き、

「これから会社に戻る？」と訊ねた。

「いえ、帰宅するつもりです」

「じゃあ、ほんの少しだけ、うちの教室に寄って行ってよ」

星那は躊躇いつつも、肯いた。

浅羽さんのバレエ教室は、プロのバレエダンサーだったという母親によって創設され、そ

の引退後は浅羽さんが代表として運営しているという。ちょうど昼のレッスンと、夜のレッスンの合間らしく、教室内は暗くがらんとしていた。

浅羽さんがパチンと照明を点けると、ワックスの塗られた床が反射した。壁は一面鏡張りになっていて、バーが設置されている。天井からはスピーカーが吊られ、奥にはおそらく生徒用のロッカーが並んでいた。

星那は靴をぬいで、フロアに上がる。通っていたバレエ教室を思い出し、無性になつかしくなった。浅羽さんは電気ストーブのスイッチを入れ、星那にストールを手渡した。言われるままに、ストーブの前に膝を立てて座る。浅羽さんは荷物を脇に置いて、向かいに同じように座った。

「私もね、以前、お茶を休んでいた時期があったんだ」

浅羽さんは言い、星那は少し考えてから訊ねる。

「お仕事のせいですか」

「ううん、親の介護が原因。私は長女で、他の兄弟は離れて暮らしてるし、独身で、頼れる人もいなくてね。でも今から思えば、ああいうつらい時期にこそ、お稽古の時間が必要だったんだろうな」

浅羽さんは三角座りをしながら、鏡にうつる自分を見ていた。

「澤山先生の教室で、私厳しくて、嫌になったでしょう」

「そんなことないです」

星那はあわてて首を左右にふる。

「いいよ、自覚してるから。つい言い方がきつくなっちゃうんだよね。自分のなかの理想の型があって、それと違う動きを見ると、むずむずしちゃって。どうしてできないのって、感情的になっちゃう。だからこのバレエ教室でも怖がられてるんだ」

そう言って、浅羽さんは苦笑した。

「私が通っていたバレエ教室にも、厳しい先生がいらっしゃいました」

星那が言うと、浅羽さんはこちらを見て、「そうなんだ」と眉を上げた。

「教室には、三人先生がいたんです。三姉妹で、バレエをなさってて。長女と末っ子の先生はやさしかったけど、でも一番記憶に残ってるのは、厳しかった次女の先生。やる気がないなら早くやめた方がいいって、何度も言われました。でもそういう先生ほど、あとからありがたさが分かるものですね」

浅羽さんは口角をゆるめ、教室を見渡した。

しばらく沈黙があったあと、少し声を低くして話しはじめる。

「ずっと、プロのバレリーナを目指してたんだ。子どもの頃は、学校の行事や部活もそっちのけで、練習ばかりだったわ。当然、学校で友だちなんてできなくて、お弁当も一人で食べるのが当たり前でね。バレエ教室の子たちとは仲良かったけど、ライバル関係だから、普通の友だちとは違うでしょ？　プロになる夢は叶わないって、薄々気がついてからも、せめて周囲には負けないように、気を張って生きてきた」

そう言ったあと、浅羽さんはうつむいた。

彼女の気持ちを想像できるからこそ、星那はなにも言わなかった。

顔を上げると、星那に向かって彼女はこうつづける。

「でもお茶をするようになって、やっと自分の居場所を見つけられた。誰かと一緒にいなくても、一人ぼっちでも、心地のいい居場所はあるんだって、お茶がはじめて教えてくれた。だから大変なときこそ、お稽古に行く意味があると思うんだよね。どんなに忙しくても、飛石を渡れば、そこには必ず、なにかが待っているから」

「なにか？」

そう、と浅羽さんは目を閉じた。

「心温まる一服、知的な仕掛け、何気ない会話。たとえば、雨の日には、屋根に水滴が落ちてくる音を聴いて、寒い日には、釜の湯気にぬくもりを見る。どんなに忙しくて、自分を見失いそうでも、稽古場にはいつだって変わらず、ゆったりとした時間が流れている。飛石の向こうには、いろんなものが待っていると思わない？」

星那は、以前に抱いた疑問の答えを、やっと理解した。なぜこの人が点てるお茶は、あんなに特別で、すんなりと喉を通るのか。なぜこの人のお点前は、ただ目で追うだけで、心を動かされるのか。彼女自身が、その尊さを知っているからだ。

すると教室の入り口のドアが、勢いよく開いた。

「こんにちは！」

口々に子どもの声がする。

幼稚園くらいの少女のグループで、こちらに気がつくと、不思議そうに見てくる。

「あなたたち、今は『こんばんは』でしょ」

浅羽さんは立ち上がり、明るく挨拶を返している。かつての星那と同じように、白いタイツをはいて、髪の毛をお団子にした少女たちを眺めながら、ここ最近の疲れがすっかり消えていることに気がついた。

今の自分があるのは、昔バレエを頑張っていたからだ。バレエでの挫折を乗り越えてきたからこそ、物件が売れなくても、多少理不尽な目に遭っても、めげずに前向きにやって来られた。こんな風に、自分を肯定できたのはいつぶりだろう。

「ありがとうございました」

鞄を持って、浅羽さんに挨拶をする。

「また、お稽古場でね」

「お願いします」

通りに出ると、クラシック音楽が聞こえてきた。ガラス張りの入り口越しに、バーレッスンに一生懸命に励んでいる少女たちの姿が見えた。浅羽さんは先生の顔に戻って、彼女たちを指導している。

星那は鞄からスマホを出して、連絡先をたどる。

迷いなく、ある番号に電話をかけた。

もうこの時間だから、出ないだろうか。

駄目元だったが、五、六回のコールのあと、声がした。

「はい、澤山です」

「もしもし、中川です。あの、今日ってお稽古、ありますよね？」

「ええ、ありますよ」

「急で申し訳ないのですが、今から行ってもいいですか」

「もちろん、お待ちしてます」

先生の即答に、星那は背中を押される。

通話を切ったあと、バス停に向かった。

7

山に近い住宅街の夜は、闇に沈む。けれども、〈蓮釉庵〉の玄関先には、いつもと変わらない小さな明かりが、オレンジ色に灯っていた。久しぶりに訪れるせいか、注連縄《しめなわ》の飾られた門をくぐりながら、緊張していることに気がつく。

「こんばんは」

玄関で声をかけると、「どうぞ」という返事が奥からした。

星那は靴をぬいで、準備をするための控室に入る。正月を迎え、控室の設えは華やかでめでたい。床の間には、金色の雲がかかる富士山の置物が飾られている。普段は畳のうえになにもないが、東南アジア風の敷物のおかげで、部屋がぱっと明るい。

「失礼します」

稽古場の襖を開けると、床の間の天井から柱に沿うように垂れた、柳らしき枝がまず目に入った。上部には、神社の紙垂《しで》にも似た、扇状の白い紙がついている。その前に、澤山先生が腰を下ろしていた。

星那は稽古場ににじって入り、お辞儀をする。

「しばらく休みがつづき、すみません。今日もとつぜんご連絡してしまい……」

「大丈夫ですよ、お会いできるのを楽しみにしていましたから」

お客の位置には、思いがけずジョーさんと、はじめて会う女性がいた。

ジョーさんはいつものシャツ姿でなく、紺色のジャージ素材の作業着だった。不思議に思っていると、この日ジョーさんは、お稽古に来ていたのではなく、庭の手入れで訪れていたのだと補足した。初釜のために庭を整え、茶室に飾るための棕櫚箒《しゅろぼうき》をつくっていたのだが、星那が来ると知って、少し待ってくれていたという。

どうしてわざわざ、と内心首を傾げていると、ジョーさんのとなりに座っていた女性がこう挨拶した。

「はじめまして。澤山の妻の、三也子《みやこ》と申します」

以前、陶芸家として活躍していると聞いた、先生の奥さんだった。ふくよかで、健康的なオーラをまとっている。先生の話を聞いて、ひそかに作品やプロフィールを調べていたが、実際に会った本人も、温かくてやわらかな作風に、どこか通ずる雰囲気があった。

「今日、この二人に同席してもらったのは、ある理由があるのです」

そう言って、澤山先生は桐箱を畳のうえに置いた。二十センチ四方ほどの桐箱である。祖母のお道具を整理していた星那は、それを見てすぐに、長いあいだ大切にされてきたものだろうと分かった。先生は、この桐箱をもっと前に星那に見せたかったが、しばらく会えなかったので今になったと説明した。

「お稽古をはじめる前に、開けてみてください」

言われるまま、星那はその桐箱を手にとった。膝前に置いて、ゆっくりと深緑色の帯をほどく。被せてある白い紙ごと、蓋をとった。朱色の麻布をはらうと、包まれていたのは、茶碗だった。

星那は持ちあげて、畳のうえに置く。

女性らしい柔和な形をした、茶色とも薄橙色ともとれる茶碗だった。外側には、鈍く光る金色の線が、木々の根のように、いくつも枝分かれして伸びている――金継だ。その風貌に、星那はなんとなく見憶えがある気がした。思わず、顔を上げる。先生はすべてを見通すような表情で、おだやかに言う。

「これは、あなたのおばあさんから預かったものです」

とつぜんのことに戸惑い、返事ができなかった。

京都はやっぱりせまいね、としみじみ肯き合っている澤山夫婦の会話を聞きながら、星那は目の前にある茶碗を、ふたたび手にとった。ずいぶんと前に母から電話口で聞いた、中川家の女性が代々大切に受け継いできたという、金継のなされた特別な茶碗に違いなかった。祖母の家で、どんなに探しても出てこなくて、今では諦めていたものだ。

でも、どうして澤山先生が持っているのだろう。そもそもなぜ先生は、祖母のことが分かったのか。たとえば、陶芸家である三也子さんの作品を、祖母が買っていたといったつながりだろうか。すると三也子さんは、驚きのことを口にした。

「そのお茶碗に金継をしたのは、私なんです」

そう切り出すと、彼女は語りはじめた。

まだ先生も陶芸家だった頃、祖母は二人の工房を訪れ、いつのまにか自宅の蔵で割れていたという、その茶碗の修復をしてほしいとお願いした。そこで祖母は、なぜか澤山先生ではなく、三也子さんに担当してほしいと言った。三也子さんは当時の経緯を、星那に詳しくは話さなかったが、うまく嚙み合っていなかった夫婦仲が、その茶碗の修復をきっかけに、少しずつ前向きに変わったらしい。

「修子さんには、本当にお世話になりました」

目にかすかに涙を溜め、三也子さんはほほ笑んだ。

お葬式のとき、星那は気がつかなかっただけで、本当は三也子さんも澤山先生も参列していたそうだ。まさか先生との縁は、自分が知らなかっただけで、じつは過去からつづいているものだったとは。しかも以前、祖母が繕いを依頼した茶碗が、またそうした縁をつなげてくれるなんて。自分の知り得ない、目には見えない大きくて不思議ななにかに、ずっと守られていたことを、星那は実感する。

先生いわく、「中川」という苗字を聞いたとき、まさかとは思ったらしい。それがほぼ確信に変わったのは、お稽古のあとに、祖母の茶室を整理しているという話を聞いたときだった。しかし人違いの可能性もあるので、確かめるタイミングを見計らっていたという。

「このお茶碗のことを、きちんとお話したかったんです」

先生は真剣な面持ちで言った。星那は先生と三也子さんに、じつは自分もこの茶碗を探していたことを打ち明けた。星那が話し終えると、先生はこの茶碗を祖母から受け取った経緯について教えてくれた。

祖母は生前「もう中川家には、お茶をする人がいないので」と言って、この茶碗を先生に託したという。訊いてみると、生前贈与をはじめていた時期と重なっていた。あの家や茶室をはじめとして、お道具の処分をすべて子どもや孫に任せたのかと思っていたが、本当に特別だった茶碗などには、ひそかにしかるべき対応をしていたのだ。

当初、澤山先生は断った。なぜなら祖母にとって、中川家にとって、大切なものであると知っていたからだ。しかし祖母は、自分にとって意味があるように、あなた方夫婦にとっても意味のあるものだからこそ、あなた方に持っていてほしいのだと説得した。最終的に、澤山先生が折れた。

「中川先生らしいですね」

ジョーさんが呟き、星那は「まさか」と目を丸くする。

「ジョーさんも、祖母のことを?」

「京都は、本当にせまい街です」

彼は肯き、肩をすくめた。訊けば、ジョーさんは庭師として駆け出しの頃、祖母の庭の世話を師匠から引き継いだらしい。なるほど、この稽古場の庭を見ていると、心がやすらいだ本当の理由は、祖母の庭とどこか趣が似ているからだったのか。ジョーさんを澤山先生に紹介したのも、祖母だったそうだ。ジョーさんは先日、澤山先生からそのことを聞いて、改めて記憶を辿ってみたという。

「たぶん僕たち、ずいぶんと前に会ったことがあるんですよ。星那さんは、もう忘れてしまっているとと思いますが」

ジョーさんは、ちょっと恥ずかしそうに言った。

じつは金継の茶碗が使われた、星那も小学生の頃に招かれた喜寿のお茶会に、ジョーさんも客として招かれていたらしい。そこでジョーさんは、幼い星那を見かけていた。その場に一人だけ子どもがいたので、記憶に残っていたそうだ。

その話を聞いて、星那は意外なほど、腑に落ちていた。祖母の家と、澤山先生の教室は、思い返せば、比較的近い。もちろん、京都という街がせまいという理由もあるだろう。でもそれ以上に、お茶の世界というものが、紹介や師弟関係といった、人と人のつながりに支えられているために、人の縁が良くも悪くも切れにくいからではないか。

最後に、先生は星那に、この茶碗をお返ししますと言った。けれども、星那は首を左右にふった。澤山先生のところにあるのなら、それが一番の答えに思えた。その代わりに、星那は「今日はそのお茶碗で、一服いただけますか」とお願いした。


金継のなされた茶碗で、先生は薄茶を点ててくれた。

先生のお点前を目にするのは、最初に稽古場を訪ねたとき以来だった。ひとつずつの動作が重ねられ、ひとつの流れを成していくのを見ながら、星那は思う。浅羽さんのお点前にも感じたが、特別なことをなにもしないからこそ、特別さが宿されている。海に流れる川の水のように、光に向かって成長する草木のように、所作が自然とつづいていく。

やがて茶碗に、湯が注がれ、茶筅通しがなされた。長いあいだ中川家で愛された茶碗が、今目の前で、与えられた役目をふたたび果たしている。心のなかで、星那は祖母に話しかける。

――おばあちゃん、私もお茶をはじめたよ。

畳のうえに置かれた茶碗を、星那はとりに行く。両手で包むと、抹茶のぬくもりがじんわりと伝わった。席に戻って、「ちょうだいします」と口をつける。飲みやすい形だった。久しぶりの一服は、これまでと変わらず、温かくてほっとする味だった。飲み干して、深呼吸をすると、先生が「ところで、修子さんのお茶室は、どうなりましたか」と訊ねた。

「取り壊すことになりそうです、残念ながら」

星那が事情を説明していると、ジョーさんが口をはさんだ。

「じつは僕も、そのことで思い出したことがあるんです」

ジョーさんにとって、祖母の庭は思い入れの強いものだったらしい。普段から、丁寧に世話をされていたため、たまに庭師の手が入ると、しっかりと手応えがあった。そういう対話できる庭は、そう多くはないので、ジョーさんは祖母と、いろんな話をしたそうだ。あるとき祖母はジョーさんに、茶室に隠された歴史のことを口にした。

じつはあの茶室は、明治初期にとある廃寺から移築した、歴史的価値のある建物でもあるという。なんでも、その寺にあった当時は、京都でとり行われたさまざまな行事にも関わっていたとか。もしその話が本当なら、貴重な文化財として、行政に保護してもらえるかもしれない、とジョーさんは言った。しかも彼には、行政の文化財保護課に勤務している知り合いがいるらしい。

「訊いていただけますか」

星那が頭を下げると、もちろんです、とジョーさんはほほ笑んだ。

一ヶ月も経たず、ジョーさんと同世代くらいの女性が、祖母の家を訪れた。星那は雅人さんや可夜子とともに、その女性を茶室に案内した。立ち会ってくれたジョーさんは、「中川先生のお庭、なつかしいですね。庭というのは本来、自然を切り取ったものですから、これが本来の姿なんでしょう」と言いつつも、しばらく放置され、荒廃した庭に、複雑そうな表情を浮かべていた。

女性は名刺交換をしたあと、一眼レフを準備して「さっそく拝見させてください」と言った。片付けを終えてから半年余りが経過して、いっそう苔生し、緑深くなった茶室を、女性は淡々と撮影した。感心するわけでも、落胆するわけでもなく、質問をはさみながら、必要な記録をとっていく。

とくに枚数を重ねたのは、室内の柱についてである。ひと通り撮影を終えると、彼女はノートを出して、取り壊しのスケジュールなど、雅人さんに事務的なことを訊ねた。一時間ほどで、彼女は母屋に上がることなく帰って行った。

一週間後、雅人さんから電話があった。

「先日うちに来てくれた職員の方から連絡があって、もう少し詳しい調査をさせてほしいから、取り壊しを延期できないかと相談されたよ」

「本当ですか」と、つい声が大きくなる。

「まだ確証はないけれど、あのお茶室、ただの茶室じゃなかったのかもしれない。ネットで調べてみたら、市内には似たような経緯で、その歴史的価値が分かって、文化財保護課の調査を経て保存されることになった建物が、いくつもあるみたいなんだ」

予期せぬ展開に、星那の胸は高鳴った。

「それで、雅人さんの答えは？」

「全面的に協力するって言っておいた。職員の方に見に来てもらったときは、反応も鈍かったし、こんな展開は期待してなかったから、騙された気分だよ。とりあえず赤松さんからの提案も、保留してもらってる」

しばらく期間を置いたあと、ジョーさんから紹介された担当者の女性と、同じ課の職員だという男性が、祖母の家を訪れた。よく晴れた日だった。梅の蕾がほころび、日射しがあたたかい。男性から差し出された名刺には、〈建造物担当〉と記されていた。

「このたびは、たいへん貴重なご自宅のお茶室を拝見させてくださり、誠にありがとうございました。わたくしどもとしても、お問い合わせいただいて本当に感謝しています。まずはお礼をお伝えさせてください」

「いえ、とんでもありません。お礼を言いたいのは、僕たちの方です」

雅人さんはそう言って、担当者二人にお茶をすすめた。

文化財保護課の二人が提出したのは、つぎのような報告書だった。

明治時代後期、中川家の茶室は府県境にある山奥の寺から移築された。その寺は廃仏毀釈《はいぶつきしゃく》の波を受け、当時すでに廃寺となっていた。代々薬局を営んでいた中川家は、薬学に詳しかった寺の尼僧《にそう》と親交があったので、茶室を譲り受けることになったという。このときの詳しい事跡は、資料館に残されていた、尼僧がつけていた古い日記から明らかになった。尼僧の日記によれば、中川家の先祖は、ある奇妙な夢を見た。その夢のなかで、一人の少女が枕元に現れ、お茶をはじめるように示唆した。そうすれば、ご利益がある、と。

「江戸時代以前の茶の湯といえば、男性の文化というイメージの方が強いので、その尼寺の住職たちが代々、茶の湯に親しんでいたというのは、従来の歴史観をくつがえす事実でもありました。だからこそ中川さんの茶室は、女性も茶の文化を支えていた、という歴史を証明する貴重な遺産なのです」

男性職員は言い、雅人さんは訊ねる。

「尼寺があった場所は、今どうなっているんですか」

「小学校になっています。形跡はほとんどありませんが、寺の名前を記した石碑が立てられていました。石碑には住職の名前も刻まれていて、江戸時代後期に洛中でひらかれた茶会の出席者のなかに、いくつか発見されました」

廃寺になった尼寺のうち、唯一生き残った茶室は、中川家によって受け継がれ、今に至っていた。星那はガラス戸越しに、祖母の茶室を見つめる。昔は材木を移動させるだけでも大変だっただろう。現地にある材料で、新しくつくった方が何倍も楽だったに違いない。それでも使いつづけるとは、すごい話である。

「ここからは憶測の域を出ませんが、茶室を移築すると決めた当時の中川家の人々は、尼寺の僧侶になにかしらの恩義があったのかもしれません。たとえば、お茶を習ったとか、中川さんが営んでいらっしゃる薬局で売るような、漢方の知識を得ていたとか。だからこそ、その茶室を受け継ぐと決めたのではないかと推測されます。今ではもう分かりようのない、過去に生きた人々の物語ですが」

男性職員は、雅人さんをはじめ、星那や可夜子の立場になって、親身に話をしてくれていることが伝わった。ただ事務的に歴史を調査しているだけでなく、所有者の想いを汲みとろうとしてくれている。ふたたびお茶をすすめられ、男性はお茶に手をつけた。

「それで、お茶室の取り壊しの件は？」

「ええ。今日は、そのことをご相談しに参りました」

「市の方で引き取っていただけるのでしょうか」

「結論から申し上げますと、それは致しかねます」

予想外の答えに、雅人さんの手も止まった。

「本当はわたくしどもの方で引き取り、大切に修繕し、管理をしていきたいのですが、ひとまずは持ち主であるみなさんに、保管していただきたいのです」

「僕たちもそうしたいのが本音ですが、その場合、母屋の方だけ取り壊して、茶室だけここに存続させることになり、現実的な話ではなくなるんです」

「ええ、重々承知しております。だからこそ、わたくしどもの方で、何度か会議にかけた経緯もありますが、やはり今すぐ引き取るというわけには、状況が許さないのです。ご理解いただきたいのですが、こちらの茶室の価値を否定するつもりは、まったくございません。ただし残念ながら、京都市内にはそういった遺産がそこらじゅうにありまして、すべてを管理していると、微々たる市の財源ではとても間に合わないのです。そこで、持ち主の方にこのまま茶室を所持、管理していただけないかとご相談をしたくて、今日ここに来た次第です」

心のなかで、「やっぱり」という声が聞こえた。

現実はそう簡単には進まない。

担当者の男性は、婉曲かつ低姿勢に伝えてくれているけれど、率直に言えば、特別な茶室といっても、行政が積極的に予算を割いて保護するほどには、価値が高いわけではないという結論に至ったのだ。

「でもどうか誤解なさらないでください。このお茶室は、造形的にも歴史的にも、重文指定されている茶室に負けず劣らない、素晴らしいものです。わたくしどもも、持ち主の方に大切に保管していただきたいのです」

そう強調して、担当者二人は帰って行った。

8

鴨川のほとりにあるカフェは、風と光のよく通る、こぢんまりとした店内だった。ここに五年以上通っているという浅羽さんは、気分転換や考え事のために利用していて、誰かと来るのははじめてだと言った。

星那は受け取ったチケットを、テーブルのうえに置いた。

「誘ってくださって、ありがとうございます」

浅羽さんの教え子が所属しているという、バレエ団の公演会のチケットだった。浅羽さんはそのバレエ団のことを率直に批評したうえで、「もし興味があったら、でいいから」と念を押した。星那は先日、バレエ教室に立ち寄ったこともあり、「ぜひ行ってみたいです」とチケットを鞄にしまった。バレエを習っていた頃は、よく公演にも出かけて、舞台のうえの世界観に夢中になっていたものだ。

「もうひとつ、中川さんに話があるの」

浅羽さんは言い、カップをソーサーに置いた。

「うちの教室に、また来てみない？」

思いがけない提案に、星那は瞬きをくり返す。

浅羽さんの教室では、夏休みのあいだに毎年数日ほど、幼稚園児や小学校低学年の子どもを対象に、体験レッスンを行っており、今年それを手伝える人を探しているという。星那が「でも私は、バレエからずっと離れていましたけど」と断ると、浅羽さんは「教える内容はそれほど高度じゃないから、安心して。バレエの技術よりも、子どもをてきぱきと引率できる能力の方が問われるの」と言った。すぐに答えを出さなくていいから、考えてみてほしい、と。星那はお礼を伝えて、鴨川に視線を向けた。

「ほんと、いい天気ね」

浅羽さんの言う通り、昨日までの寒さを忘れさせるような、まばゆい晴天だった。鴨川の水面は、午後の光にきらきらと輝いている。舗装された河川敷には、散歩をする人たちが行き交い、山の稜線は一足早い春霞によって、白くかすんでいた。川沿いに枝を伸ばしている桜の木々は、今にもほころびそうに、丸く膨らんだ蕾をつけている。花を咲かせる直前の枝は、一年のなかで一番エネルギーを宿しているようにうつる。風はまだ冷たいが、そこかしこに春の気配があふれていた。

そんな光景を目にしながら、なぜか祖母の家のことが脳裏をよぎる。

橋の向こう、北の山麓に位置する祖母の家は、あっけなく取り壊されていた。先日、外回りのついでに足を運んだら、建物はすっかり姿を消して、砂利の更地になっていた。雅人さんの判断で、茶室の移築も断念されたため、本当になにもなかった。電話口で、母は「そんなに気にしなくても」と慰めてくれた。雅人さんも星那に感謝していたし、茶室がなくなったのはあなたのせいじゃないんだから、と。それでも、星那は寂しかった。仕方なかったと分かっていても、こうして春の希望にあふれる光景を前にすると、なぜだか余計に、更地の光景を思い出してしまう。

「心配ごと？」

ふいに訊ねられ、星那はわれに返り、笑顔をつくる。

「いえ、もう終わったことなんです」

浅羽さんはカップに口をつけながら、星那のことを黙って見つめた。本当に、すべて終わってしまった。祖母の家はもう存在しない。解体された茶室の材木も、可夜子と整理したお道具と一緒に、すべて赤松が引きとって行ったらしい。手元にはなにもない。そんな状況でよくよしても、時間がもったいない。母が言っていた通り、そんなに気にするべきではないのだろう。

「本当は、まだ終わってないいんじゃない?」

詳しい事情は分からないけど、と断ったうえで、浅羽さんはこうつづけた。「私も母が亡くなったあと、しばらく整理がつかなかったな。自分だけが立ち止まって、周囲からとり残された気分だった。つまり整理をつける時間の長さって、人それぞれだと思う」

店を出たあと、混雑した大通りを歩きながら、星那は浅羽さんに「ちょっと用事を思い出して」と告げ、ある場所に向かった。最後まで腹の内が分からない、奇妙な人だった。いつでも店に来てくださいーー。雅人さんの薬局で会ったとき、彼はそう言った。あの一言は、ただの社交辞令ではなかったのかもしれない。

赤松の店は、京都御所からほど近い、裏路地にあった。閑静な住宅街だったが、通りにはちらほらと、仏具や着物の老舗らしき店が、ひかえめな看板を掲げている。その一角に、赤松の道具屋があった。

歴史を感じさせる門構えとは対照的に、店内はモダンな装いだった。正面のカウンターをはさんで、ジャケットを羽織った女性が一人、パソコンに向かっていた。感じのいい笑みを浮かべて「いらっしゃいませ」と挨拶され、星那は小さく頭を下げる。

展示されている商品は多くなく、ライトも絶妙な明るさに落とされていた。まるで急に非日常な空間に迷いこんだようだ。展示品をひとつずつ見ていくと、メインは茶碗、花入、水指といった茶道具だったが、古びた木彫の仏像、錆《さび》のついた青銅の置物など、骨董品も幅広く扱っているらしい。

声が聞こえたので、ふり返ると、カウンターの奥から赤松が現れた。以前よりカジュアルな装いの赤松は、星那の方を見ると、「おや、こんにちは」と言った。そして女性と短いやりとりをしたあと、こちらに歩み寄る。

「さっき、中川さんとお電話していたんですよ」

星那は雅人さんから、祖母のお道具にどれほどの金額がついたのかなど、引きとられた経緯を詳しく聞いていなかった。しかし赤松の話ぶりからして、双方にとって満足のいく内容だったようだ。

「今日はその件で、赤松さんにお伺いしたいことがあって」

「なんでしょう」と、赤松は眉を上げた。

「本当は、ご存知だったんじゃないですか？　祖母の茶室の歴史を」

もとは尼寺にあった、文献にも記された茶室であることに、赤松は最初から気がついていたのではないか。だからこそ、最初から「茶室も含めて、すべてを一括で買いとる」という提案を、雅人さんにしていた。決して安い値段ではなかったので、赤松に騙そうという意図があったとは思わない。ましてや、黙っていたことを責めるつもりもない。歴史を教えてもらっていたところで、結果は同じだっただろう。それでも、あの茶室について気持ちの整理をつけるためには、本心を確かめる必要があった。

赤松はにこりとほほ笑んだ。

「よかったら、奥でお茶でもいかがですか」

そう誘われるまま、カウンターの脇を通って、その奥にあるスペースにうつった。そこは展示室とは趣の異なる、隠れ家のような、居心地のいい空間だった。柱や天井には、主に木が用いられ、床は畳ではなく御影石だが、どこか茶室を思わせる。

ひじ掛け付きの椅子に、腰を下ろすように促された。重厚なテーブル越しに、向かい合って座ると、赤松は壁に掛けられた、一枚の木の板を指した。

「とある禅寺の、端材です」

虫に食われ、腐った部分もある。澤山先生の稽古場に、さりげなく飾られた茶花と同じように、山道やゴミ置き場にあれば、見向きもされないくらい地味だ。いくら眺めても、星那の目には、ただの板切れにしかうつらない。

「ああいう板は、仏像の台座にぴったりなんです。だから私だけでなく、コレクターが全国にけっこういましてね。でも興味のない人からすれば、無駄に場所をとるだけの粗大ゴミでしかない。ある人にとって価値のあるものでも、ある人にとってはガラクタに過ぎないということです」

赤松は淡々と語った。思い返せば、あの茶碗も同じだった。星那にとっては、茶の湯の原体験であり、忘れかけていた深い世界の象徴だったけれど、可夜子には家族の悲しい思い出を掘り起こすものだった。一方、それを修復した澤山先生の妻、三也子さんにとっては、夫婦関係の再生を意味していた。

やがて女性のスタッフが、お盆で湯呑をふたつ運んでくる。

「若いお客さんがいらして、嬉しいですね、社長」

「余計なことは言わなくてよろしい」

スタッフと赤松の、他愛のないやりとりを見て、赤松に対する印象が少し変わる。

茶碗だけではない。祖母の茶室だって、ある人にとっては国宝級に大事でも、ある人にとってはお荷物でしかなかった。すべての物事が、自分の尺度でしか測れないし、それを誰かに伝えたところで、押しつけになる。そんな悟りが、京都で道具屋を営む赤松の考え方の、根底にあるのかもしれない。

女性がいなくなると、赤松はこう言った。

「じつは修子さんから、あなたのことを聞いていたんですよ」

驚きながらも、「どんな風に、ですか」と訊ねる。

「もう中川家には、お茶をやる人間はいないけれど、もし興味を持つとすれば、次男方の孫娘だと思うってね」

さらりと告げたあと、赤松はお茶をすすった。

どうしてだろう。祖母はなぜ、そんなことを言ったのか。たしかにその通りになったとはいえ、祖母のことだから、ただの偶然とも思えない。星那は戸惑いつつ、「理由について、祖母はなにか言っていましたか」と訊ねる。すると赤松は「飛石のことを話していました。あなたは子どもの頃、飛石を見て、蛇みたいと言った。その一言を聞いて、修子さんはそう思ったらしいですよ。僕には、なんのこっちゃよく分かりませんでしたけど」と答え、おかしそうに笑った。星那にも、祖母の真意は分からない。けれども、祖母は自分のことをわざわざ赤松に話していて、赤松はそれを憶えていた。その事実だけを受け止めれば、星那は二人に認められたような気分になった。

するると赤松は真顔になって、こうつづける。

「さきほどの話に戻りますが、私の仕事は、ないものをあるように見せることです。錬金術のように、価値をつくりだすのが仕事ですね。とくに茶の湯というのは、その価値がすぐには表れにくい。だからこそ、こういう仕事と相性がいいんですよ。よく人は、それを詐欺だとか胡散臭いとか、毛嫌いしますが」

「たしかに、いやな世界ですね」

率直に答えると、赤松はふふと笑った。

「ようこそ、茶の湯の世界へ」

星那もつられて笑う。

それから赤松は、店で扱っている茶道具をいろいろと見せてくれた。押し売りしたり、知識を披露したり、という印象は一切なく、茶の湯が純粋に好きなのだな、と伝わるような話しぶりだった。ずっと拝金主義の悪徳商人だろうと決め込んでいたが、逆に金儲けをする気がないのではないかと錯覚するほど、彼は楽しそうに話をした。私利私欲だけでなく、お客さんや街のことを考えて、プライドを持って仕事をしている。そのことが伝わって、星那は彼のことを見直した。

やがて女性のスタッフが声をかけに来て、赤松は星那を店先まで送り出した。

別れ際、詩でも暗唱するように、彼はこう告げた。

「茶室は茶人のためにつくられたものであり、茶人は茶室のためにあるのではない」

その言葉の意味を考えようとした星那に、赤松はお辞儀をした。

「またお待ちしております」

星那は水指を建付《たてつけ》に置いて、茶道口で一礼する。

客席に正座している可夜子も、同時に手をついた。

星那は顔を上げて、水指を手に立ち上がる。

この日の設えは、はじめて稽古場を訪れた日と同じ、釣釜だった。

あっというまに一年が経ち、ふたたび春になっていた。

建水まで運び入れると、炉の前に腰を下ろす。「鏡柄杓」をしてから、蓋置を手にとって、炉の脇に添える。茶碗を膝前に置いて、棗を清める。帛紗さばきも、今では板についていた。なにも考えなくても、身体がすっすと動く。

茶杓を拭いてから、棗のうえに置いた。この動作は、案外難しい。華奢で軽い、角のとれた茶杓は、棗のうえで不安定になる。細心の注意をはらいながら、そっと指を離すと、茶杓はうまく静止した。

つづいて、湯を茶碗に注いで、茶筅通しをする。建水にあけて、茶巾で拭き清める。棗から茶を掬い、水指の蓋をとった。あざやかな緑色が、釜から汲んだ湯を注ぐことで、濃く変色した。茶筅でお茶を点てると、ふわりと抹茶の香りが漂う。

なにも言わずに、星那は茶碗を畳の縁の外に置いた。

可夜子がにじって、茶碗に手を伸ばす。

ほんの一瞬、彼女の手が止まった。

しかし何事もなかったように、茶碗をとって、席に戻る。

居ずまいを正した彼女に、星那は呟く。

「そのお茶碗なんだけど」

こちらに目を合わせ、肯いた。

「今日、私をお稽古に誘ったのは、このためだったんだね」

例の茶碗が見つかったことを、可夜子にどう知らせるべきか、星那は以前から、慎重に検討していた。これまでは悲しい思い出の象徴でも、これからは別の意味を見出してもらえるように、彼女と茶碗を引き合わせたい。そこで澤山先生に相談し、この茶碗で彼女に一服を点てるという案を考え、この日を迎えた。

「お点前、ちょうだいします」

可夜子は手のひらで茶碗を包み、顔に近づけた。

沈黙が流れたあと、最後に音を立てて吸いきる。

となりで見ていた澤山先生が、「お二人とも、ずいぶんと上達しましたね」と切り出した。

この一年で、本当に成長した、と。茶室が取り壊されたことは残念だったけれど、二人の稽古はこれから何年も、何十年もつづいていく。この茶碗も、しばらくうちで預かるとはいえ、いずれは二人で大切にしていってほしい。そんな先生の話を、可夜子はまっすぐ見つめながら、黙って聞いていた。

最後に、可夜子はうつむいて、手のなかの茶碗に視線を落とした。その茶碗は、可夜子の手にしっかりとおさまっていた。小さく息を吐いて、可夜子は茶碗を畳のうえに置く。かつてはひび割れだった傷が、金継によって新たな光の線になっている。一度壊れて、悲しい思いをしても、またやり直すことができる。祖母から受け継がれた茶碗は、そんな当たり前のことを教えてくれるようだった。

先生の言う通り、茶室は守れなかった。この街でも、古い物件はさらに壊され、どんどん新しくなっている。けれどもこの稽古場で、祖母とのあいだの、先生やジョーさんのつながりを知ったように、人と人の関係はなくならない。お茶の時間はそんな関係を、ゆるやかに保つことができる。その魅力を知った今、これからもずっと稽古をつづけていくのだろう、と星那はうっすら予感していた。

目の前に戻された茶碗を、ふたたび手にとる。

自分の手にちょうどいい重さだった。
畳のうえに置き、星那はお点前を再開させた。

亥歳のトラ

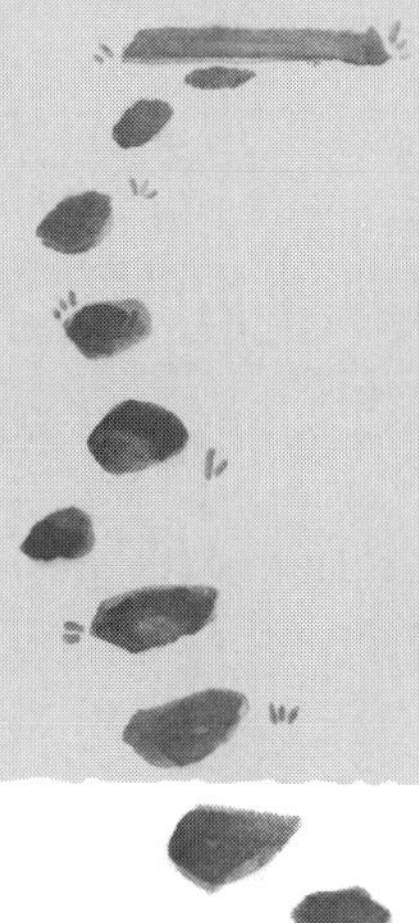

庭を区切る枝折戸《しおりど》が半分ほど開いていた。

その先にある茶室のちいさな出入口で、仄《ほの》かな光が揺らいだ。

「修子さんかな」

靴をつっかけながら、香織は呟いた。夕方の澄んだ冷気のなかに、正月の境内を思わせる湿った土と苔の匂いがする。西日に照らされた草木の揺らぎに誘われ、気がつくと飛石を渡っていた。雨が降ったわけでもないのに、水で濡れている。

躙口というのだったか、その隙間からなかをのぞきこみ、香織は息をのんだ。

ぎらりと光る二つの目が、こちらを睨《にら》んでいたからだ。なかに潜んでいたのは、竹やぶを背後に岩場から獲物を待ち伏せる一匹の猛獣、トラの掛軸だった。その力強さに加えて、おだやかな庭とのギャップのせいか、しばらく足が動かなかった。

ふと、どうしてトラなのかしら、という疑問が浮かぶ。今朝、束になって届いた年賀状にはイノシシの図柄が並んでいたし、十二支に含まれるトラをあえてお正月に飾るなんて、特別な意味でもあるのだろうか。

香織は興味を抱いて、なかに入った。

――うちの母さん、若いときからお茶やってて、ここで先生してるんだ。

はじめてこの茶室に夫から案内されたのは五年前。特別な行事でしか使われないらしく、結婚してすぐにここでお茶を点ててもらう話はあったが、夫の予定が合わずに延期になった。それ以来、一度も足を踏み入れたことはない。

普段のお稽古は母屋の一階にある和室で行われているらしい。お稽古部屋には、生徒たちの集合写真、お稽古の日程を記したカレンダー、お茶関連の行事を知らせるチラシなどが掲示されている。帰省したタイミングでお稽古があると、準備を手伝わせてもらうこともあった。

しかし離れにあるこの茶室には、入るなと言われたわけでもないのに、他人の敷地のような近寄りがたさがあった。

――賢人はここでお茶、点てたりするの？

――ううん、足はしびれるし、いろいろ面倒くさいし、俺には無理。

――男の人でお茶ができたら、かっこいいのに。

――そうか？　興味があるなら、自分で習えば。

たとえ一人でも習いたい気持ちはあるが、新幹線と在来線を合わせて片道四時間、車ならもっとかかる。というより、たとえ近くで暮らしていたとしても、平日は当たり前のように残業し、週末は家事に追われる生活にそんな余裕はない。

気がつけば考え事にふけってしまうほど、茶室は静けさに満ちていた。その静けさを破らぬよう、息をひそめてトラの前に膝をつく。

天井は低く、目立った窓も照明器具もないが、床の間の脇にちいさな障子があった。そこから漏れるやわらかい光が、掛軸を際立たせていた。睨まれたと思った両目には、金が混じっている。集中して眺めると、ひげや毛の一本一本まで細かく描写され、近くで見るほど迫力があった。鋭い爪を備えた前足を一歩踏み出し、今にも飛びかかって来そうだ。

とつぜん、物音がした。

「あら、香織ちゃん」

「うわっ！」

奥の壁が開いて、修子さんが笑顔で立っていた。

「驚かせちゃった？」

「お、お、驚きました」

暗くてよく見えず、襖があると気がつかなかったのだ。白い割烹着姿の修子さんは、腰を抜かしそうになった香織のことをおかしそうに笑った。

「勝手に入ってしまって、すみません。外から掛軸が見えて、つい」

「いいのよ、好きなだけ見ていってちょうだい。母屋にいても、人が多くて落ち着かないでしょう」

「いえいえ」

香織はさっきまで義兄夫婦や姪っ子とお節を囲んだり、薬局を営んでいる義父から疲れに効く漢方薬について話を聞いたり、集まった親戚たちに飲み物を出したりしていたが、しだいに外の空気が吸いたくなったのだ。年末年始というのは、つなぎ目みたいなものだ。あわただしい日常がつかの間途切れ、久しぶりに会う親族との時間のなかで、ふと現実を省みてしまう。その場の感情に流され、よく考える余裕もなく目の前のことで精一杯な自分を。

「香織ちゃん、よかったら一服お茶でもどう？　ちょうど初釜の準備をしていたところだったの」

「お邪魔にならないですか」

「いいから、お上がりなさいな」

他にやることもないので、香織は従った。

「そこに座って待ってて。もう少しで、お湯が沸くから」

修子さんは襖の奥に消えて行った。

いつも料理に掃除にと、てきぱき働いている修子さんは、香織が手伝おうとしても「帰ったときくらいゆっくりなさい」と断る。その話を女友だちにすると、たいてい羨ましがられた。よく彼女たちが愚痴るように、もっと帰ってこいと小言を並べられたり、家事のやり方にケチをつけられたりしたことは一度もない。というより、修子さんは他人の批評をしない人という印象だった。

しゅーしゅーという、隙間風のような音が釜から聞こえはじめた。

ヤカンの沸騰音とは異なるその音に耳を澄ませていると、室内の細部が目に入ってくる。梁や柱に使われた木材は、どれも色や風合いが異なっていた。天井の木目や土壁のグラデーションが、抽象絵画のように見えてくる。ただの暗くて狭い空間のはずなのに、多様な表情がだんだんと浮かび上がるような気がした。

修子さんが奥から現れた。

差し出されたピンク色のお菓子は、花びら餅というらしい。じつはあんこが苦手だったが、漆のお皿から懐紙にとっていただくせいか、あるいはお菓子そのものの質のせいか、はじめて美味しいと感じた。

「これ、結び柳っていってね」

香織がお菓子の余韻《よいん》にひたっていると、床の間の高めの位置から垂れ下がる枝について、修子さんは説明してくれた。中国では旅立つ人に柳を輪にして贈り、今お別れしても、また会えるようにという想いを込めたのだという。

「久々に家族が集うお正月に、ぴったりですね」

「ほんとね」と、修子さんはほほ笑んだ。「賢人もそういうものに少しは興味を持って、勉強すればいいのに、いくら私から言っても聞かないの。古臭いと思ってるのかしら。結婚してから一度も、香織ちゃんにここでお茶を点ててあげられていなかったのも、ずっと気になってたのよ」

しばらく考えながら、香織は掛軸を眺める。

「あの、どうしてトラなんですか？　亥歳なのに」

「トラはね、昔からいろんな意味を持っていて、私はそういうところが気に入ってるの。『虎穴に入らずんば虎子を得ず』とか『虎は死して皮を留め、人は死して名を残す』とか、人生の折々で、それぞれの答えを持ち帰ってもらいたいから」

どちらの諺《ことわざ》も聞いたことはあったが、ちゃんとした意味は知らない。今の自分にぴったりの答えを見つけるために、あとで調べてみようと思った。

会話をしながら、修子さんはお茶を点ててくれた。時間の流れ方が急にゆったりとしたスピードに切り替わり、その分ちょっとしたことが特別にうつる。

「そこにあるの、お使いなさいな」

隅にある小さな椅子をすすめられ、その通りにした。じつは寒さも相まって、足の感覚がなくなるほど痺れていた。

――なんだか、明るい雰囲気になったわね。お化粧のせいかしら？

帰ってすぐにもそう言われ、香織はひやりとした。修子さんは見ていないようで、相手をよく見ている。

「どうぞ」

目の前に茶碗が差し出された。香織は躊躇してから、「これ、どうしたらいいんでしたっけ」と訊ねた。

「そんなの、いいのよ。気にせずに飲んで」

手にとったお茶碗は、思ったよりも軽くて、じんわりと温かい。口をつけると、まろやかな舌触りと、さわやかな苦味が広がった。

「おいしいです」

修子さんは手をついてお辞儀をした。

◆

一月三日の新幹線のホームは混雑を極めていた。切符の手配が遅れたものの、運よく空いていたグリーン車を夫婦二人だけだからと奮発していて正解だ。お土産袋を手に持って車内に乗り込むと、賢人は我先にと窓際の席に座る。

新婚の頃はこんな風ではなく、率先して旅行の計画も立て、景色を見るのが好きな香織のために窓際をゆずり、荷物だって持ってくれた。今では予約から荷物の網棚上げまですべて香織にやらせっぱなしで、自分だけ早くもシートを倒して寝る体勢に入っている。

せめて窓際くらい、ゆずってよ。

喧嘩になりそうな一言を飲み込んで、「いい身分ね」と嫌味を言うに留めた。

「疲れてんだよ」

「遅くまで飲み歩くのに？」

冷たく言うと、返事はなかった。

夫婦というのは、時間に抗えない。相手の考えていることが分からなくても、相手の存在を疎ましく感じても、なにひとつ解決されないまま朝と夜がくり返され、不快さだけが蓄積されていく。

香織はケータイを出した。メールも着信もなく、向こうも帰省をしているのだろう。こういう風に連絡を待っても、偽りはなにも生み出さないことに薄々気がついていた。修子さんと話したあと調べた、「虎は死して皮を留め、人は死して名を残す」という諺のことが頭をよぎる。

虎が死んだあと立派な毛皮を残すように、人も死んだあと他人のこころに名前を残さなければならない、という意味らしい。その「名」というのは単に名誉や名声だけではなく、良き評判や思い出という面もあるのだそうだ。なるほど、いつ死んでも他人の心のなかで大切にされる生き方をする、というのが今の自分に合った教訓だろうか。

眠そうな賢人と、目線がぶつかった。

「茶室にね、トラの立派な掛軸があったの。あれ、見た?」

「トラの掛軸?」と言ったあと、賢人は欠伸をしながら上体を起こし、「正月からそんなの飾るなんて、なんかあったのかな」と笑った。

「なに、なんかって」

「母さんから聞かなかった？」

「聞いてないけど」と、香織は眉をひそめる。

「あれさ、昔、父さんが他の女の人によろめいて喧嘩ばっかしてたときに、母さんが買ってきた掛軸なんだよ。けっこう高かったらしいけど、見た目に迫力があるから、魔除けだって言っててさ。だから家族のなかでは、曰《いわ》くつきなわけ」

ふたたび深々とシートにもたれたあと、賢人は「だから、あの二人、喧嘩でもしたのかなと思って」と言った。

そうじゃない。化粧の変化まで見抜いてしまう修子さんのことだ。息子夫婦に漂う冷ややかな空気や、ひょっとすると嫁の浮ついたこころを察して、あの掛軸を選んだのだ。だとすれば、元日の午後に枝折戸が開かれ、飛石に水が打たれていたのも、すべては香織をトラの掛軸へと向かわせる、修子さんらしい演出だったのではないかと腑に落ちる。

受け取る意味は人それぞれと言われたが、今の香織には少なくともそうとしか捉えられなかった。

「ねぇ、二人でお茶、習ってみない？」

「は？」

思い切って提案したのに、賢人の反応は鈍かった。

「だってせっかく修子さんみたいな人も身近にいるし、夫婦で同じ趣味があるっていいじゃない」

「急に、なんだよ」

邪険にあしらわれ、香織は「いい、なんでもない」とため息をついた。窓の向こうを見つめていた賢人が、ややあって呟いた。

「近所にあるのかな、教室」

遠くの方で、曇り空から光のはしごが降りていた。

春告草

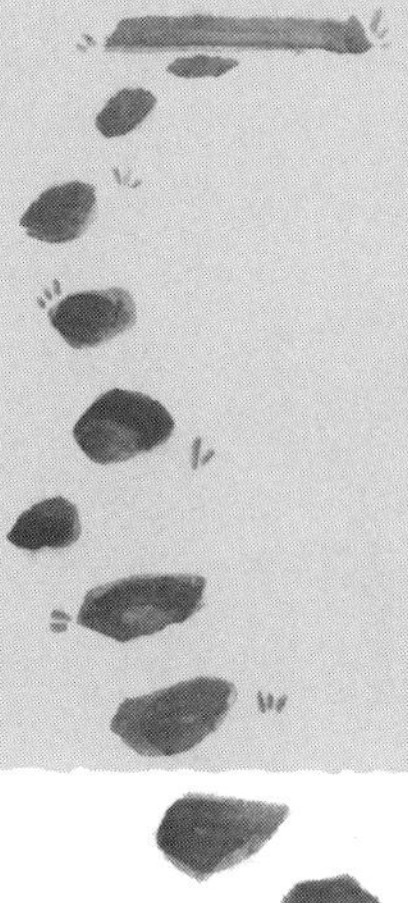

白梅、紅梅、一重咲き、八重咲き、大輪、小輪。

ぱっと見では一括りに梅林だが、注意を払えば、花びらの数や色がぜんぜん違う。なかにはまだ小さく目立たない蕾もある。薄く雲のかかった寒空の下にいる梅たちは、点数をつけられ、比べられ、競争させられる自分たちの必死な姿と重なるように、莉子の目にはうつった。

「ねぇ、記念撮影しようよ」

ケータイのカメラを梅に向けていた美月がふり返り、莉子を呼んだ。

「ちょっと待って」と、莉子はあわてて眼鏡をはずす。

「私も前髪ととのえなきゃ。撮るよ、はい、チーズ！」

シャッターを切ったあと写真を確認しながら、美月は「二人とも寒そー」と笑い声をあげた。

「どれどれ？　ほんとだ、寝不足って顔してる」

それまでの鬱々《うつうつ》とした日々を忘れて、二人ははしゃいだ。

境内では、一足早い春の訪れを喜ぶかのように、にぎやかで祝祭的なムードが漂っていた。

砂利道を踏む音にまじって聞こえてくるのは、雅楽の演奏である。参道の脇にはたこ焼きやフライドポテトなどの屋台も立ち並ぶ。

人混みをかき分けるように、二人は本殿に向かって参道を進んだ。

ここ数日続いた雪まじりの雨で、濡れそぼった石段を滑らないようにのぼると、重厚感のある楼門が現れる。手水舎《ちょうずや》で身を清めるのさえも順番待ちで、人の流れに押されるように「天満宮」という額の掲げられた中門を過ぎる。

やっと参拝を待つ行列の最後尾につくことができた。

「それにしても、受験生多いね」

美月はしみじみと言う。たしかに二人と同じく、マスクをつけた制服姿の参拝客が目立つ。

「合格祈願といえば、やっぱり天神さんだもんね」

彼らの肩越しに、梅の木々が見えた。莉子は華々しく満開を迎えたものよりも、まだ蕾を固く閉ざしたものの方が気になってしまう。

せっかく膨らんだ楽しい気分が、急に萎んでいくのが分かった。

ここ半年悩まされている腹痛の気配がして、ピーコートのポケットに入れた手が自然と薬にふれる。しかし泣いても笑っても、二人が受験する大学の二次試験は明日だった。

「いよいよだね」

「今から緊張してるよ」

「美月なら大丈夫だって、高杉先生も太鼓判押してたじゃん」

「なっちゃん、けっこう適当だからなー」

そう言って、美月はマフラーに首をうずめた。

なっちゃんこと高杉夏美先生は、二人が所属する茶道部の顧問だ。たしかに担任を受け持ってはいないので、生徒たちの学力にもそこまで詳しいわけではないが、決して口先の励ましではないだろうと莉子は思う。

「莉子は緊張しないの？」

「ぜんぜん。だって私にとっては記念受験だから」

自虐《じぎゃく》的な冗談を飛ばすが、美月は笑わずに「そんなの、結果が出てみないと分かんないじゃん」と、語気を強めた。

しかし莉子はセンター試験の自己採点を持って、担任に相談に行く前から、その大学はかなり難しいだろうと自覚していた。ストレートに言うとよほどショックを受けると思ったのか、担任は遠回しに莉子を励ました。

——他の大学も受けてるわけだし、いざとなれば浪人という選択肢もある。一番大事なのは、後悔しないことだと思うよ。

そんな風に受からないことを前提にされてもなお、莉子には明日の試験にチャレンジしたい理由があった。

「それにしても、すっごい賑やかだから、なにか行事でもあるのかな？」

莉子は明るい声で話題を変えた。

「さっき看板で見たけど、梅苑《ばいえん》の公開だけじゃなくて、お茶会があるみたいだよ」

「梅を見ながらお茶を点ててもらうなんていいな、贅沢」

「ね、中川先生も来てたりして」

二人が所属している茶道部には、中川修子さんという茶人が教えに来ている。

週に一度の活動では、校内に設けられた小さな茶室に集まって、部員だけの自主練習が行われるが、月に一度は中川先生が高校に来てお点前を指導したり、中川先生のお母さんが開いている茶道教室に呼ばれたりする。中川家には茶室があって気後れしたけれど、本人は話しやすく親しみの持てる人だ。茶道にはさっぱり素人、と自称する高杉先生とは昔からの仲らしい。

「中川先生からお茶を習えるのも、来週のお稽古で最後か」

「寂しくなるね」

莉子は同意しつつも、内心は美月と離れることの方が寂しかった。同じ茶道部に入っていなければ、美月とはほとんど口もきかないままに卒業していただろう。二人の接点といえば、そのくらいしかないからだ。

はじめて茶道部のオリエンテーションで声をかけられたとき、クラスでもっとも地味な部類に属する自分の名前を憶えてくれていることに驚いた。

――同じクラスの松岡さんだよね、知ってる人がいてよかった。松岡さんも茶道部に入るの？

人なつこい笑顔を向けられ、莉子は気がつくと肯いていた。

偶然二人とも自転車通学で、帰る方面も唯一同じだったせいか、他の部員より親しくなれた、少なくとも莉子はそう感じている。

自分が着ると野暮ったい制服でも、美月が着るとどこかおしゃれで、彼女がそこにいるだけで場がぱっと明るくなった。ガリ勉タイプではないのに成績もよく、気さくで誰に対しても思いやりがある。そんな彼女のまわりにはいつも人がいた。

――茶室には、みな頭を低くしてなかに入ります。これは茶室のなかでは、身分の高い人も低い人も対等なのだ、という考えの表れです。

入部してすぐ先輩から習ったことが、莉子の頭を時折よぎった。

莉子にとって茶室とは、二年生からはクラスが離れてしまい、付き合うグループも授業のレベルも異なる美月と、つかのま同じ時間を過ごせる特別な空間だった。普段は廊下ですれ違えば手をふり合うくらいの関係でも、ともにお茶を飲み、ともに帰るあいだだけは親しい友だちでいられる気がした。

授業の補習や塾の講習会についていくのに精一杯のなか、三年生の最後まで部活を一度も休まなかったのは、美月に会うためだったと言ってもいい。

サボりやすそうだからという不純な理由で茶道部を選んだ莉子と違って、小さい頃から茶道に憧れていたという美月は、驚くほど早くお点前を憶えて上達した。

——あなた、きれいな扱い方をするわね。

中川先生から褒められる場面もよくあった。

莉子にとって美月は別世界の存在で、近くで彼女のお点前が見られることや、帰り道にくだらない話ができることは、つねにランク付けされる息苦しい日々のなかで、夢のようなオアシスだった。だから莉子は美月の第一志望をひそかに真似したのだ。

広々とした本殿の脇には、まさに見ごろを迎えた一本の梅が、悠々と枝を伸ばして日差しを受けていた。みずみずしい薄紅色の八重咲きである。何人もの参拝客がカメラを向けている光景を、莉子はまぶしく見つめた。

「莉子、一緒に鳴らさない？」

気がつくと、順番が回ってきていた。財布から出した五円玉を握りしめ、莉子は「うん、いいよ」と答える。

賽銭を投げ、二人で鈴を鳴らす。二拝してから、ぱんぱんと拍手を打ち、手を合わせた。薄く開けた目で美月を見ると、わざわざマスクをとって目を閉じていた。うっすらと頬を染めたその横顔に、莉子は見とれてしまう。

「よし、完璧」

にっこり笑って彼女がこちらを見た。

――カミサマ、彼女の願いを叶えてあげてください。

莉子は心のなかでそう祈っていた。

◆

学業成就のお守りを買ったあと、大通りに向かって境内を歩いていると、うしろから声をかけられた。

ふり返ると、着物姿の中川先生が立っていた。

「先生、やっぱりいらしてたんですね。お茶会ですか」と、美月が嬉しそうに言った。

「そう、お手伝いしにね。二人は？」

「合格祈願のお参りです。明日、私たち二次試験があるんです」

「あら、大事な日じゃない。私もあとで、二人の健闘をお祈りしておくわ。そうだ、よかったらこれ、お土産にどうぞ召し上がれ。明日の餞別《せんべつ》よ」

そう言って、中川先生は小さな袋をひとつずつ手渡した。

「なんですか？」

「お茶会で余ったお菓子。雪の降るなか初々しく咲きはじめた梅をイメージしてあるんだって」

「ありがとうございます」

中身を少しのぞくと、白と薄紅の混じったやわらかそうな金団《きんとん》が箱越しに見えた。

中川先生はおいしいお菓子をいつも部活の場に持参してくれる。いくら部員が遅刻しても、お点前を憶えられなくても、味を楽しむだけでも立派なお稽古であるとして、みんなにふるまうのが中川流らしい。

「梅見のお茶会はどうでしたか」と、美月は訊ねる。

「すごく贅沢だったわよ。私ね、昔から桜よりも梅の方が好きなのよ。梅は早咲きもあれば遅咲きもあって、長く楽しめるでしょう。それに桜と違って、梅は実を結ぶって言うじゃない」

中川先生はどこまでもつづく広大な梅苑を眺めながら、しみじみと話した。莉子もつられて、その視線を追う。

不思議なことに、さっきまでの梅苑とはどこか違って見えた。相変わらず、空はどんよりとした灰色で、地面にも所々冷たい水溜まりが残る。日陰に植えられた梅は、まだ真冬の只中にいるようだ。

しかし莉子はそのとき、静かな息吹を感じとっていた。

遅咲きの梅も、いつかは花を咲かせ、実を結ぶ。長い目で見れば、きっと大丈夫、そう激励されているようでもあった。

「じゃあ、また来週」

中川先生はいつものお稽古と同じく、最後にすっとお辞儀をした。

「はい、ありがとうございました」

二人は声を揃えて、お辞儀を返す。去って行く姿を見送ったあと、二人はしばらく黙って駐輪場まで歩いた。

「卒業しても、中川先生のところでお茶、習いたいな」

受け取った袋の重さをたしかめながら、莉子が言うと、美月は目を輝かせた。

「ほんとに？　私も同じこと思ってたの。わー、さっそく願いが叶っちゃった」

「え？」

「さっきお賽銭投げたあと、また莉子とお茶が習いたいってお祈りしたんだ」

「合格祈願したんじゃなかったの？」

「そんなの、どうせ今から頼んだって結果は変わらないから、最初に心に浮かんだお願いをしたの」

莉子は拍子抜けして、しばらくなにも言えなかった。

まさかこんな形で、こっちのお願いまで叶うとは。

自分なんて、今までもこれからも陰に生きる運命だと思っていた。日向《ひなた》に生きる美月とはなにもかもが違い、外見も性格もぱっとせず、お点前を憶えるのも苦手で、努力したところで受験もうまくいかない、と。

でも美月とは、お茶室だけの友だちではなかったのかもしれない。

春が待ち遠しくなった。

巡るとき

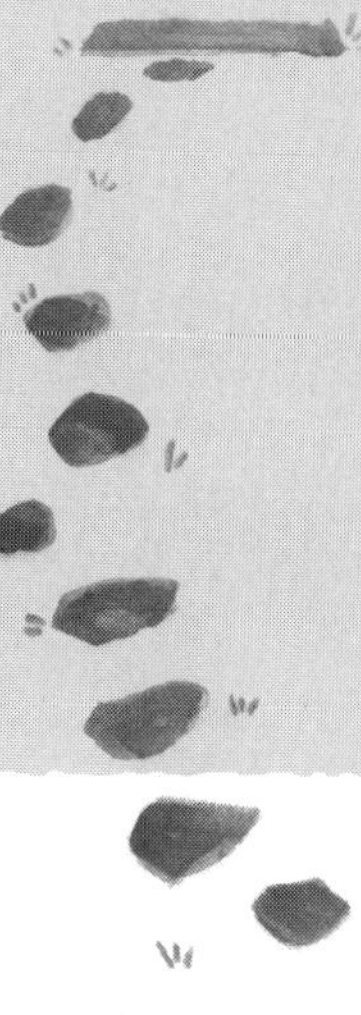

寒さも弱まり、昭《あきら》は久しぶりに春用のコートを羽織って出勤した。近所の小学校を通り過ぎると、色づいた桜の蕾が昨日よりふくらみ、窮屈そうにランドセルを背負った児童や着飾った保護者が集まっていた。

自宅から徒歩十分のところにある〈中川堂薬房〉に着くと、雅人がすでに戸を開けて店内の掃除をしていた。雅人は店を手伝いはじめて数年経つ長男で、妻子とともに少し離れたマンションで暮らしている。もう玄関先の掃除は終わったらしい。

「珍しいな、こんな早くに」

「今日くらい、早く出勤しないとさ」

当然のように言う雅人に、昭は苦笑した。

以前に勤めていた薬品メーカーでも重宝されていたらしい雅人から、改まって店を継ぎたいと言われたとき、昭は嬉しい反面、その可能性を潰すだけでなく、息子に余計な重荷を背負わせるようで複雑な心境だった。

たしかに代々続く〈中川堂薬房〉を守りたいという想いは尊いが、現実にはそう簡単ではない。チェーン店のドラッグストアが増えたせいで、昔は同業者が並び栄えたこの通りもすっかり様変わりした。

——こういう店って、まだあるんだ。

いつだったか、通りすがりの若者が興味深げにカメラを構えながら、そう話しているのが聞こえてきたこともある。

九時きっかりに暖簾《のれん》を出したあと、雅人はぽつりと呟く。

「三十年って長いよな」

「そうだな、でも長いっちゃあ長いけど、短いっちゃあ短いぞ」

昭にとって時間とは、一方向に集積していく単位ではなく、果てしない海に似ている。その広さや深さを思い描こうとしても、想像力が追いつかない。たとえば人の一生からすれば長い期間でも、受け継がれた道具からすれば一瞬の出来事でしかない。季節の巡り、干支の巡り、代の巡り、さまざまな時間が多層的につながり合い、決して後戻りはしないが、過ぎたからといって消えるわけではない。

その意味を考えはじめると、愛とは何ぞや、信仰とは何ぞや、と浮かんでくる疑問は切りがなく、答えもない。

「お前はやっと丸三年か」

「俺にとっては、もう十年くらい働いたような長さだけど」

引退することを雅人に告げたとき、あえて期限を決めなくてもいいんじゃないかと言われた。息子の言う通り、自営業はサラリーマンのように定年退職があるわけではないので、体力の許す限り働くことはできる。

しかし昭には、この日で引退すると決めた理由があった。

「配達行ってくる」

そう言って雅人がいなくなったあと、昭は静かになった店内をゆっくりと見回す。

壁には小さな引き出しが何十も並んだ百味簞笥があり、なかには膨大な種類の生薬がストックされている。その脇に、テーブルを挟んで椅子が二脚ある。客が何人か重なるとすぐに混んでしまう狭さだが、拡張しようとは一度も思わなかった。

◆

戸が開く音がした。

「こんにちは」と言って現れたのは、町内に住んでいる富島《とみじま》さんである。

昭とほぼ同年代で、はじめて訪れた頃は、原因不明の症状をいろいろと訴える、いわゆる不定愁訴《ふていしゅうそ》の典型だった。どの病院でも治療がうまくいかず絶望し、ほとんど諦めながらうちに来たという。

昭は問診票に書ききれないほどの不調から、発汗と膝の痛みを手がかりにして、彼女に効果のある生薬を組み合わせた。以来少しずつ不具合が消えているといい、今もこの店に通い続けてくれている。

更年期障害を疑えば婦人科、関節痛だけ考えれば整形外科というように、人の身体を機械の部品のように寄せ集めとして考えるのではなく、それらの関係性を重視する漢方だからこその改善例だった。

しかし当然、その考え方を疑う人は少なくない。つい先日も眼科からの紹介で、目の奥の痛みがとれずに来店した女性に、お腹を診させてほしいと言うと、お腹ではなく目が悪いのですがとひと悶着《もんちゃく》あった。

二千年も前から同じ手法を用いるなんて理解できない、と主張する関係者もいる。たしかに医療の発達はめまぐるしいが、生体防御の仕組みは二千年前と比べてそれほど変わったのだろうか。

「症状はどうですか？」

この日は雅人ではなく昭が対応することになっていた。昭はいつものようにお茶を出したあと、問診をはじめる。

「ずいぶん楽になったけど、疲れがとれにくいかしら」

〈中川堂薬房〉の店頭に訪れる九割が常連客であるが、昭は同じ客にいつも同じ処方をするわけではない。一度薬に効果があっても、治療をつづければその症状は変化するので、毎回きちんとした判断を下していく必要がある。

問診のあとは舌や腹の具合を確かめ、総合的に処方を決定する。

「分かりました、じゃあ疲れに効く生薬をちょっと足しましょう」

「よろしく。それにしても、今日であなたとこうやって話すのも最後なんて、まったく信じられないわね」

「おや、憶えていただいていたとは」

「いやだわ、当たり前じゃない」

そう言って、富島さんは心外だというように顔をしかめた。

「これからは倅《せがれ》から処方させていただきますんで、どうぞ今後ともよろしく」

「親孝行で、やさしい息子さんだものね。うちの息子とは大違いだわ。東京に引っ越したきり、向こうからは連絡もよこさず、いくら体調が悪いって訴えても、見舞いひとつ来ないんだから。昔は素直でかわいい子だったのに」

「独り立ちして、ご立派じゃないですか」

「まぁね。いつまでも脛《すね》をかじられたり、人様に迷惑をかけたりするより、マシっちゃあマシなのかね。でも今年のお正月だって寂しいもので、年賀状で久しぶりに孫の顔を見たくらいなんだから。年賀状よ？」

富島さんはかつて息子夫婦と同居していたが、お嫁さんと折り合いがつかなかった。

「こっちから東京に会いに行ってはどうです？」

「え？　考えたこともなかったけど、きっと向こうにも迷惑でしょうよ」

彼女の話に耳を傾けながら、昭はいくつかの生薬を匙や天秤で量って調合する。

「ところで、今日のお茶、とてもおいしいわ。特別なお茶？」

「それはよかった。以前、気に入っていただいた掛川市の深蒸茶ですよ」

昭が店を継いだ数年後から、この店では必ず客にお茶をふるまっている。一見ありふれたサービスではありながら、そのおかげで昭の代でも〈中川堂薬房〉の経営が続いたといっても過言ではない。

この店には漢方の生薬だけではなく、昭が妻とともに旅をして集めている多種多様な茶葉がある。ヨーロッパで買い求める紅茶、中華街で注文する烏龍茶など、季節によって品揃えも違う。

昭はその日の天気や相手の気分などを考慮して、ぴったりのものを選んでいるつもりだ。今ではお茶の方を目当てにしていると話す常連客もいるほどだ。

じつは現役最後の日、どのお茶を富島さんに出すべきか昭は少し迷っていたが、彼女が今までで最も気に入ったお茶を出すことにした。

「ごちそうさま。また来るわね」

「ありがとうございました」

店先に出て、昭は富島さんのうしろ姿が見えなくなるまで見送った。

◆

西洋医学よりも長期的な治療が必要とされることの多い漢方では、処方する側とされる側の付き合い方も大事になる。両者の信頼関係は強ければ強いほど、効果的な治療にもつながると昭は教えられた。

――それって暗示療法ってこと？

雅人ははじめ眉をひそめていたが、最近の若い世代は知識に頼りすぎて頭でっかちなところがあるようだ。

昭が引退すると決めたのも、雅人にこの信頼関係を早く築いてもらうためだった。ずっと自分がこの店に残っていれば、常連客もいつまでも自分に頼ってしまう。だから引き継ぎ期間を終えた今、よっぽど助けを求められない限り、口出しはしないつもりでいる。

その背景には、自分と同じ苦労をさせたくないという親心があった。先代が亡くなったのは、ちょうど今の昭と同じくらいの年齢である。健康だけは自慢だったくせに、脳梗塞で倒れてあっという間に逝ってしまった。

昭は急遽、店を継ぐことになり、右も左も分からないまま多くの常連客を失った。そのおかげで試行錯誤してお茶をふるまうサービスをはじめたのだから、結果的にはよかったのかもしれないけれど、息子やこの店の未来のために自ら身を引くことにした。

閉店後、残していた最後の仕事を雅人に引き継いで、いつもの時間に帰ろうとすると、父さん、と呼び止められる。

「今夜、本当にいいの？」

じつは雅人から実家で引退祝いの席を設けたいと提案されていたが、昭の方から断ったのだ。

「特別そんなことをしなくても、帰ったときに晩酌してくれれば十分だよ」

「分かった。気が向いたら、また店に立ってよ」

「いやいや、明日からお前が店主だろ」

「それはそうだけど」

「心配なんかいらない、お前は俺よりよっぽど出来がいいから」

昭は強がっているのではないかと周囲に疑われるほど、仕事を辞めることに未練はなかった。もともと仕事人間には程遠く、若い頃はゴルフや酒、最近では骨董や書道など、打ち込みたい趣味もある。

名残惜しそうな雅人に、昭はほほ笑んで別れを告げた。

自宅は大通りから何度か曲がった路地にある。小さな門をくぐって延段を渡ると、ガラス戸の向こうに障子の光が待っていた。仕事のあとこの光に迎えられるのが、昭にとってのささやかな幸せだった。今日で見納めだと思い、しばらくその場にとどまって眺める。

時間を止めることはできない。それは自明で残酷な事実である。ずっと同じ家に住んでいても、ときの移ろいにつれて人の心、見える風景は変化していく。

「ただいま」

居間を通り過ぎると、台所に修子が立っていた。魚を焼いているのか香ばしい煙が漂う。野菜を洗っているらしく、水の流れる音も聞こえた。こちらが拍子抜けするくらい、普段通りである。

部屋で着替えてから居間に戻ると、修子がお盆を持って現れた。

「おつかれさま」

目の前に出されたのは、いつも使っている湯呑みだった。おそらくお茶も普段と変わらない、昭が好んで飲んでいる煎茶である。

それなのに口をつけたとき、ある思い出がふいによみがえった。修子と出会った頃の記憶である。母が茶道教室を開いていたくせに、大学を卒業するまで素人だった昭は、教室に通っていた修子のお点前での凜とした姿に一目惚れした。

年が近いという理由で、ともに割稽古を教わることになったが、昭はなにも頭に入らなかった。教室が終わり、肩がこったでしょと言って母が二人にふるまったのは、飲み慣れた煎茶だった。

「なつかしいでしょ」と修子はほほ笑む。

目を閉じると、煎茶と畳の香りの向こうに若き日の二人がいる。白髪になって引退しても、なにも変わらない関係が嬉しかった。

十三まいり

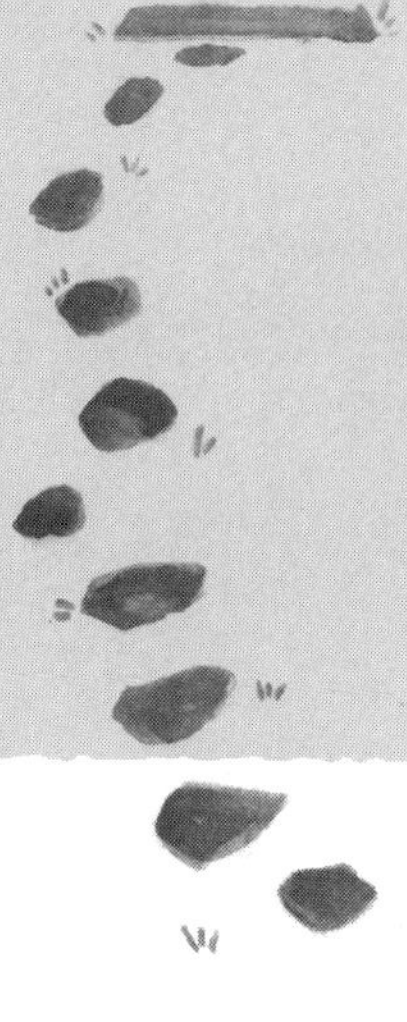

こんなかっこうで何枚もの写真を撮られるなんて、賢人は死ぬほど恥ずかしかった。

「ほら、そんなぶすっとしてないで、少しは笑ったらどうなの」

ぽかぽかした春のにぎやかな境内で、母の修子がカメラをこちらに向け、呆れたように言った。賢人はうんざりしたが、嫌だと言っても、また説教がはじまるだけなので、もっと「ぶすっ」とした表情を浮かべ、意思表示をするだけにした。こういうときは無言で抵抗するのが一番なのだと心得ている。

――反抗期ってやつだな。

雅人から先日笑ってそう言われたが、賢人は絶対に認めたくなかった。こちらはただ自由に暮らしたいだけなのに、やれ早く起きろ、やれ行儀が悪いと口うるさくするのは向こうだからだ。

今朝だって、必死の抵抗もむなしく袴を着せられ、寺に連れて来られた。祈禱《きとう》を受けた本堂では、男の子の大半はスーツで、制服姿の子もいた。自分もスーツがいいと主張したのに。賢人はとにかく修子を恨んだ。

しかもその袴は、雅人が身につけたお下がりだった。それだけでなく、兄と同じ中学に入学したせいで、着古した苗字入りのジャージや落書きの入った参考書を、「まだ使えるから」

とあてがわれていた。新品ではないということが、賢人には二番煎じのようで味気ない。

◆

ひと通り記念撮影を終えたあと、修子は展望台の向こうを見た。

「今年は晴れて、よかったわね」

山の中腹に建てられた寺からは、街を一望できる。入り口から本堂にたどり着くには、山門をくぐって長い石段をのぼらなければならず、広々とした境内は緑に囲まれている。この景色を見ても、やはり雅人のときと比べてしまう。

「俺としては、兄ちゃんのときみたいに雨がよかったけど」

「どうして」

「中止になったかもしれないから」

「また、そんなこと言う」

修子はため息をつき、「おみくじでも引いてきたら。お金あげるから」と言って千円札を手渡した。

トイレに行っている祖母を待つあいだ、兄弟は連れ立っておみくじを引きに行った。

「うわっ、お前、凶かよ。厄除け、できてないんじゃねぇの」

のぞきこんできた雅人が最高の笑顔で言った。

「うるせぇな。こんなところで運を使わないようにしただけだよ。ていうか、そういう兄貴はなんだったんだよ」

「末吉。でも凶よりマシ」

「は？　そんなどっちつかずな結果だったら、凶の方がよっぽどマシだから」

さっきの笑顔のお返しで、思いっきり皮肉をこめた口調で言う。

じつは兄は、周囲から評価されているほど真面目でできた人間ではない。少なくとも賢人はそのことを知っている。テレビのチャンネルを弟にゆずるやさしさもなく、最近こっているギターも一向に上達せずうるさいだけだ。

「ほら、喧嘩しないで。あそこの桜の下でも、みんなで一枚撮りましょう。現像して、お父さんにも見せられるように」

修子が言うが、賢人はその方向を冷めた目で見やった。すごい人混みで、撮影も順番待ちになっている。賢人に言わせれば、桜もエコヒイキされすぎだ。世の中いろんな植物があるのに、なぜ桜ばかりニュースで騒ぎ立てるのだろう。

凶のおみくじを近くの紐に結んだところで、ちょうど祖母も戻ってきた。撮影を待つ人の列に並びながら、修子が思い出したように言う。

「帰り道に橋を渡るあいだは、絶対にふり向いちゃだめだからね」

「それさ、なんでなの」

「せっかくお寺さんで授かった智慧が消えちゃうからよ」

「ばっかじゃねぇの」

「そんな言い方、やめなさい！」

母は眉間にしわを寄せた。

賢人は口をつぐんだが、内心は不満でいっぱいである。

ふり返ったら智慧が消えるなんて、今の時代に誰が信じるんだろう。バカなやつはバカ、かしこいやつはかしこい。本当に頭がよくなりたいなら、こんなところに来る暇も惜しんで、ひとつでも多く英単語や数式を憶えた方が、よっぽど効率的じゃないか。

そもそも賢人は、実家のそういうところが嫌いだった。

たとえば父がやっているクスリ屋。普通の医者が出すような薬品とは違う、効き目があるのかよく分からない草や根っこを扱っているが、どうして潰れないのか子どもながら不思議でならない。

それに修子がやっている茶道。お茶やお菓子の味自体は嫌いではないけれど、かしこまった場所でいただくのはとても窮屈だ。

なぜ白い靴下をはくのか、なぜ楽な座り方をしてはいけないのか、なぜ茶碗を回転させるのか、理由を訊ねても誤魔化される。家に転がっている茶道具にしても、耳かきみたいな古い竹の棒を大げさに箱に入れて大切にしたり、十二年に一度しか使わないのに高額なものを買い込んだり、いろいろと謎である。

修子は別の参拝客にシャッターを頼み、四人は桜の前で横並びになる。

「はい、僕ちゃん、もっと顔上げて」

僕ちゃん、ととなりにいる雅人が呟き、ぷっと吹き出す。本当に最悪な一日だと思った。

◇

木漏れ日の落ちた石段を下りながら、賢人は祖母に声をかけられた。

「お母さんのこと、ほんとは大事に思ってるんじゃないの」

「別に」と目を逸らす。

「女の人にやさしくできない男の人の人生はむなしいよ。おばあちゃんは賢人くんよりずっと長く生きてきたから、間違いない。たとえ腹が立ったり、我慢が必要でも、忘れちゃいけないよ」

「分かった」としぶしぶ肯いて、手術を受けたばかりの曲がった背中を見る。

「ばあちゃん、腰痛くない」

「ありがとう、ゆっくり下れば大丈夫よ」

修子の言うことにはひたすら不服な賢人だが、祖母には素直に従う。

「それにしても、その羽織袴、よく似合ってるわね」

家紋の入った黒い羽織袴は、桐箪笥の古めかしい香りがする。二股に分かれていて馬乗袴というらしい。想像していたよりも歩きやすいが、背が低くて肩幅もないせいか、衣装負けしている気がした。

「ずいぶんと背も伸びて顔つきも凛々しいし、風格だってあるよ。おじいちゃんが生きてたら、どれだけ感激しただろうね」

祖父は賢人が生まれる前に亡くなってしまったが、祖母からしょっちゅう話を聞いているせいか、写真を見るたび、何度も会ったことがあるような親近感を抱いていた。祖母の言う「女の人にやさしい男の人」とは思えないエピソードもあったが、記憶のなかの祖父について話す祖母は、いつも笑顔だった。

祖母が一瞬よろけたので賢人はその腕を支える。

「ありがとう、賢人くんは頼もしいね。やっぱり、おじいちゃんの生まれ変わりだ」

「それ、よく言うよね」

「もちろんだよ、事実だからね」

祖母の断言には、妙な説得力があった。

「おじいちゃん、きっと今日も空から見てるよ。賢人くんが将来、大人になっても、ずっと見守ってくれてると思う」

祖母につられて天を仰いだが、空は真っ青に澄み切っていて、祖父が隠れていそうな雲はひとつもない。そういえば、さっき祈禱を受けたとき、このお寺に祀られた虚空蔵菩薩《こくうぞうぼさつ》は、大地の神さまである地蔵菩薩《じぞうぼさつ》と一対で、天を司っていると聞いたな。

「若いときの外見は、ほんと賢人くんに瓜ふたつだったよ。あごの骨格とか、目元とか。声もどんどん似ていくんじゃないかな」

最近、祖母は賢人を見るたびに、若い頃を思い出すのか、祖父の話をするようになった。

「頼りなさそうに見えて、いざというときに妙に心強い存在でね。近所からも慕われてたし。といっても、不器用で照れ屋なところもあって、若い頃はお茶会や教室では、女の人ばっかりだから嫌になるって愚痴もこぼしてたねぇ」

そう言って、なつかしそうに笑う祖母のそばを、色とりどりの振袖を来た女の子たちのグループが石段をのぼってくる。すれ違ったとき、そのうちの一人に見覚えがあった。クラスでかわいいと噂されていた子である。小学校の同級生と比べると格段に大人っぽくて、思わず顔を背けた。

――じいちゃん、俺に似てるっていうけど、俺はこれからどうなるんでしょうか。

心のなかでそう訊ねる。一ヶ月ほど前、いじめを苦に男子中学生が自殺したというニュースがあって、衝撃を受けた。自分とさほど年の変わらない子が、自ら命を捨てようと思うほどの苦しい目にあったなんて。

中学校では今までのようにはいかない予感がする。入学式からまもないが、すでに男女の距離感だけではなく、先輩と後輩の関係性、クラスの目立つグループとそうじゃないグループの差も広がっている。

部活のこと、クラスのこと、社会に出てからの仕事や恋愛なんかのこと、普段は口にしない不安について考えると、一歩も踏み出せなくなる。

◆

「ここからは、ふり返っちゃだめだよ」

橋詰に着くと、祖母は言った。

「それ、どうしてなの。納得いかないんだけど」

賢人の疑問に、祖母は目を細めてから、のんびりした口調で言った。

「そんな小さいことにも疑問を抱けるなんて、感心、感心」

「なんだ、ばあちゃんも知らないのか」

「悪かったわね。理由は知らないけど、昔は、境内で十三種のお菓子をもらって近所にふるまったらしいよ。あとは、赤いフンドシを親戚からお祝いにもらってつける地域もあったみたい」

「フンドシ？　そこに生まれなくて良かった」

賢人が胸をなで下ろすと、祖母は笑った。

「理由や違いが気になるなら、納得するまで自分で調べてみたらいい。案外、すごい発見があるかもしれないよ」

橋のうえからは、新緑が少しずつ芽吹いてきた山々が見えた。お菓子やフンドシをもらった人たちも、同じ景色を眺めたのだろうかと想像する。みんな十三歳だったのだ。

賢人はふと気になったことを訊ねる。

「俺のこと、じいちゃんなら分かるかな」

これから自分がどうなるのか、天国にいる祖父に教えを請いたくて言ったけれど、祖母には違った意味で伝わったらしい。

「もちろん、おじいちゃんは賢人くんがここにいるって分かるよ。そのために、今日はその袴を着てるんだから」

しばらく考えてから、賢人は首を傾げる。

「でもこれ、兄ちゃんのだろ」

「なに言ってるの。その羽織袴は昔お父さんのもので、もっと言えばおじいちゃんもそのまたおじいちゃんも同じのを着てたんだよ。生地を少しずつ新しくしたり修復したりしながら、大切に受け継いできた。だからおじいちゃんもすぐに賢人くんだって分かるだろうよ」

結局のところ、新品ではないことには変わりがないのだから、別に誰からのものでも同じお下がりじゃないかとも思う。でも今回は特別に、この着物に袖を通しつづけてきた祖先の想いを、尊重しようと心に決めた。

「おい、賢人、ちょっと見てみろよ、あれ！」

背後から雅人のわざとらしい声がしたが、「ひっかからねーよ」と賢人はふり返らずに答えた。

落し文

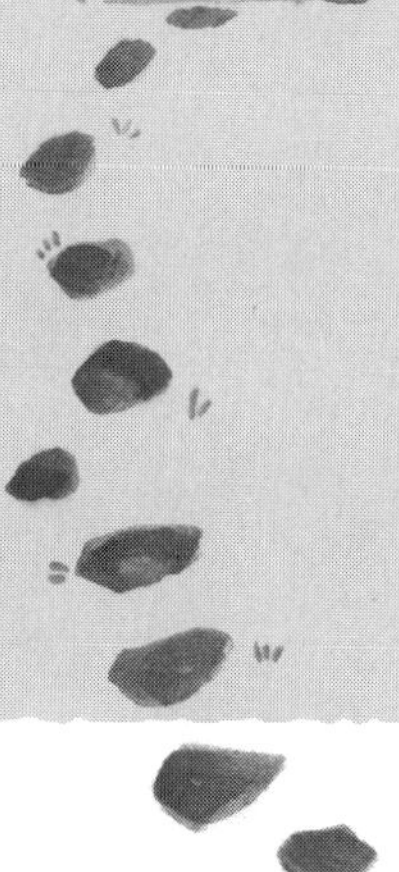

道恵は仕事場のリズムが好きだ。

生地を詰めた木型をシャッシャッとこすり、コンコンと叩いて抜く。この押し物をつくるリズムを聞けば家に帰った感じがすると、いつだったか、店主の蔵田さんは嬉しそうに話していた。

押し物だけじゃなく、練り切りだって音は鳴らなくても、くり返しのステップを踏むように体が揺れはじめると、うまくいっている感じがする。木臼や棒で生地を練るときも、手で形をつくるときも、一定のリズムを刻む。

今日つくっているのは、落し文である。

新緑の季節になると、昆虫が卵を巻いて落とす木の葉を、昔の人はうぐいすやホトトギスの「落し文」と呼んだという。虫の卵を模した練り切りがあるのか、とはじめは驚いたけれど、実物を見るとそこまでリアルさはなく、葉っぱで包んだ柏餅やちまきも連想させて、五月のお菓子らしい。

くるくると丸めた白あんを、薄緑の生地でふわりと包む。完成した落し文を丁寧に並べていると、道恵の頭に、ある人のことが浮かんできた。たまにこの店に出入りする、干菓子用の木型をつくっている同世代の職人、瀬戸さんである。

ちゃんと言葉を交わしたことは一度しかない。向こうは道恵の名前すら憶えていないだろう。道恵にとっても最初のうち、瀬戸さんは世話になっている数多の業者さんの一人で、気持ちのいい挨拶をする寡黙《かもく》な男性というイメージしかなかった。

しかし三ヶ月ほど前に、お茶の稽古場でばったり遭遇した。

——こちらに、通われてるんですか。

——先月から通うことになったんですよ。ちゃんと勉強してこいって、社長に言われまして。

ぶっきらぼうに顔を伏せて、瀬戸さんは言った。もう帰るところらしく、道恵はこれからだったので、会話はそこで終わった。

同じ稽古場に通っていると知って以来、道恵は彼と会うたびに視線で追うようになった。よくバンドTシャツを下に着ていること、考え事をするときに頭や首につけた手ぬぐいをとる癖があることなど、彼について少しずつ憶えた。

瀬戸さんは木型のデザインについての打ち合わせや納品のために、定期的に店に軽トラでやって来るが、たいてい蔵田さんが対応をして、あとは無駄口を叩かずに帰ってしまう。稽古場でも同席できる好機には滅多にめぐまれず、運よく一緒になっても他の先輩方の前で、自分から話しかける勇気はなかった。

◆

恋愛経験に乏しく奥手な道恵だが、その他のことに関してなら、名前の通り、これまで自分の「道」を積極的に選んできた。

――初心者でも、大丈夫でしょうか。

社会人になってから、流派のホームページにある仲介システムを利用して、はじめて中川先生の教室を訪れたのは、ＯＬとしての日々に鬱々《うつうつ》としていた時期だった。茶室を少し見学させてもらったあと、帰り際にお土産を手渡された。

――今日はお稽古がなくてごめんなさいね。お詫びにと言っちゃなんだけど、これ、よく頼んでるところのなの。

一人暮らしのアパートに帰ってから、いただいた干菓子を食べた。口のなかに控えめな甘さが広がり、なぜか涙が出た。

道恵は小さい頃から「お菓子オタク」と呼ばれていた。

はじめに夢中になったのはチョコレートである。スーパーで買ってもらった板チョコや詰め合わせを食べ比べ、評論家気どりでせっせとノートにまとめたので、自由研究のテーマにも困らなかった。

中学生になり小遣いが増えてからは、ケーキやシュークリームなどに守備範囲は広がり、文字だけだったノートは写真付きに変わった。舌だけでなく目で楽しむことを憶えたので、写真と合わせて色とりどりのペンで感想を散らした。

和菓子に魅入られたのは、大学生になってからだ。

目と舌で楽しむだけではなく、和菓子にはもっと深いところの、想像力で楽しめる余白があって、そこに惹きつけられた。

同じ素材や形なのに、季節によって、出される場所によって、つけられた銘によって、まったく違う存在に生まれ変わる。職人はその意匠や色に、どんな想いを込めたのだろうと想像すると、さらに深い世界に誘われた。

また食べてしまえば跡形もなく、時期が過ぎればしばらく出会えないものもあって、その儚さもまた情緒的に感じた。和菓子の世界について考えていると、テストも就活も、現実がどんなに大変でも頑張ることができた。

無尽蔵に宝石が採れる、夢の鉱脈を探し当てたような気分だった。道恵は和菓子屋を巡り、その感想を長々とブログにまとめた。

しかし広告系の小さな会社に就職してからは、自分のためにお菓子を買いに行く時間や体力はなくなった。茶道を習うことにしたのはそんな折、このままお菓子から遠のいていたら、自分を支えてきた大切ななにかを忘れてしまう気がしたからだ。

どんなに忙しくても、お茶を味わえる稽古の日だけは、ほっと一息つけた。一服のお茶とともにいただく和菓子は、ときに温かさを、ときに涼しさを感じさせてくれる。教室で知り合った生徒と和菓子について語り合うのも楽しかった。また中川先生のような、お茶のために生き、お茶を伴侶とする人が現代に存在することに、静かな衝撃を受けた。

やがて道恵は、中川先生からの毎回のもてなしを通して、本当に進みたい「道」、進むべき「道」について考えるようになった。青春を捧げるほど夢中になった和菓子の美味しさを、一人でも多くの人に伝える仕事がしたい。

そんな風に芽生えた想いを中川先生に打ち明けると、過去に書きためたブログを読んでもらっていた経緯もあって、今の和菓子屋で見習いとして働く口をあっさりと紹介してもらえた。家族には心配もされたが、道恵はふり返らなかった。

そういう経緯で、中川先生は師匠であり、恩人でもある。

◆

週末、中川先生から伝えられた三時過ぎに教室に行くと、普段は先輩方の草履が並んでいるのに、玄関には男物の靴が一足しかなかった。

もしかして時間を間違えたかな。

襖を開けて顔を上げると、心臓が跳ねた。教室に一人座っていたのは、まさかの瀬戸さんだったからだ。

「こんにちは」と、瀬戸さんは小さく頭を下げた。

「いらっしゃい、道恵ちゃん」

中川先生が奥から現れ、ほほ笑んだ。

道恵は二人にいつも通りの挨拶をしたあと、おそるおそる訊ねる。

「今日、私たちだけなんですか」

「そうよ、他のみなさんは、日程の都合がつかなかったみたい。二人とも、今日はたっぷりお稽古できていいでしょ」と、中川先生はいたずらっぽく笑った。

「道恵ちゃん、先に点ててみましょうか」

ぎょっとしたのは、前回まであった炉は畳で閉じられ、釜は部屋の隅に置かれていたからだ。

「風炉に変わったんですね」

「もう立夏だもの」

半年前とはいえ、去年の夏から秋にかけては仕事が忙しくて、稽古もサボりがちだったので、細かなところは忘れてしまった。まずは染付の大きな水指を準備する。

「まぁ、そんなに緊張せず」

中川先生は愉快そうに言ったけれど、道恵はうっかり道具を落としそうなほど、手汗をかいていた。竹の蓋置を置こうと、身体を回そうとしてから躊躇する。炉はもうない。えっと、どうやって座るんだっけ。

「あら、忘れちゃった？　前向いて、ふふふ、蓋置は釜の左斜め手前ね、そうそう、居ずまいを正して、あら、できてるじゃない」

最初こそつまずいたが、傍らで見ている中川先生から指導を受けながら進めると、半年前に習ったことがよみがえり、動作が思考を追い越していった。しかし油断をして手が止まらぬよう、細心の注意を払わねばならない。

「瀬戸さんは、風炉ははじめてよね」

「ええ、部屋の雰囲気もがらりと変わりますね」

途中から、中川先生が瀬戸さんに質問をはじめ、道恵はそちらも気になってしまい、難易度はさらに増した。

「じつは床の間の飾りなんだけど、先日瀬戸さんのお父さんからいただいた木型なの」

「瀬戸さんのお父さんから？」

道恵は声に出して、床の間を見た。

兜をかぶった五月人形があって、たしかにそのとなりには、お弁当箱サイズの分厚い木の板が立てられている。よく見ると、おそらく兜の造形にくり抜かれた木型だった。羽子板のような形の見慣れた持ち手付きのタイプではないうえ、単体としても存在感があるので、まったく気づかなかった。

道恵は店の倉庫に並んでいる、瀬戸さんの先代たちがつくったという、二百を優に超える古い木型のことを思い出す。ずらりと並んだ背の高い木型用の棚を見て、道具と芸術品はときとして見分けがつかないものなのだと知った。

「以前から、私、瀬戸さんのお父さんの木型を見るのが好きでね。職人さんのつくった木型って、鑑賞用としても存在感があるじゃない。だからお父さんが先日この茶室にいらしたとき、道具としては使わないんですけど、ひとつくださいって注文したの」

「ありがとうございます」と、瀬戸さんは頭を下げる。

「いえ、こちらこそ。そういえば、瀬戸さんも東京の美大で木彫を学んでいたって、そのときに聞いたんだけど？」

「そうなんですが、あまり自慢できるような経緯じゃなくて。家業を継ぐのが嫌で、逃げるように上京しただけなので」

「でも戻って来たのね」

「はい。結果的には、木型の面白さに気づくきっかけになりました」

二人の会話を耳だけで聞きながら、瀬戸さんのことをなにも知らないな、と道恵は改めて思った。

瀬戸さんがつくる木型も、先代のものと同じくらい手に馴染《なじ》みがよく、注文した繊細な意匠にぴったりと正確だが、どうやったらデザインを頭のなかで反転させて彫りすすめるなんていう難しい作業ができるんだろう。

道恵は中川先生と瀬戸さんの話に加わりたい気持ち半分、つぎになにをすべきか分からなくなるので手元に集中する。

「お菓子、召し上がって」

横目で見ると、瀬戸さんが蓋をとった菓子器のなかには、落し文が並べられていた。それは今朝、道恵がつくったものである。一瞬、中川先生がこちらに目配せをした。水指の蓋から離れたその手で、柄杓をとって釜から湯を掬い、浅くて平らな夏らしい茶碗に、こぽこぽと注ぐ。茶筅で点てると、お茶の香りがやわらかく広がった。

瀬戸さんがにじり、茶碗をとって戻っていく。

「お点前、ちょうだいします」

道恵は小さくお辞儀を返した。やっと息をつけたけれど、瀬戸さんの方は見られない。

あの、と瀬戸さんが呟いた。

「美味しかったです。それから、落し文も」

じつは落し文には、葉っぱで包んだ昆虫の卵の他に、もうひとつの意味がある。

秘めた想いを伝える手紙。

好意を伝えるにはあと何年かかるか分からないけれど、美味しいお菓子を食べてほしいという、みんなに対して抱いている想いを、まずは瀬戸さんに届けられたのだと思うと、自然と笑みが漏れた。

ガーデン・イン・ザ・レイン

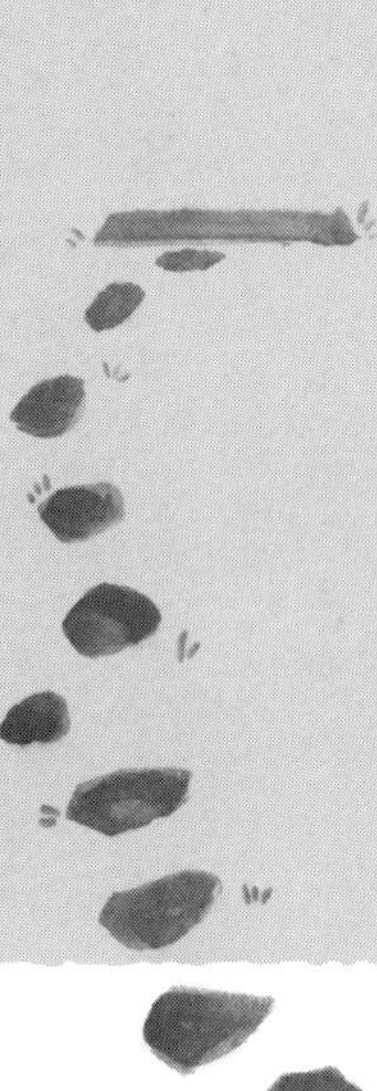

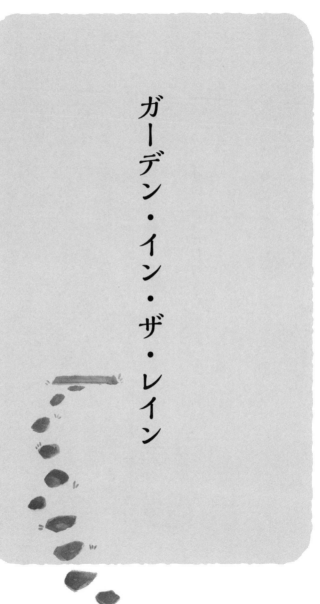

午後二時過ぎ、雨が降ってきたので、襄《じょう》は作業を中断した。軒先でひと息ついていると、中川先生がお盆を持って現れた。

「よかったら、どうぞ」

お盆には煎茶と葛まんじゅうがのっていて、襄は心遣いに感謝したあと「申し訳ありません、もう少しで終わるところだったんですが」と頭を下げた。

「謝ることはないわよ、予報では晴れだったんだもの」

手ぬぐいで額を拭いて、濡れた露地を眺める。灰色の空は、誰かが町の上空にぴたりと蓋をしたようだ。飛石の表面にできた水溜まりで、波紋がせわしなく重なり合う。雨音が少しおおきくなった。

「わがやどに　あめつつみせよ　さみだれの　ふりにしことも　かたりつくさむ」

とつぜん中川先生が呟いた。

「和歌ですか」

「うふふ、昔のね。最近、雑誌に掲載されるのを目指して、勉強してるの」

「投稿なさってるんですか」

「そう。今まで何度かチャレンジしたんだけど、まだ選ばれたことがないのよね」

中川先生は悔しそうに言った。

「どういう意味なんですか、今の」

「私の家で、いくらでも雨宿りしていってちょうだい、昔話も含めて、いろいろと語り合いましょうっていう意味。ぴったりの和歌だなと思って、さっきこっそり歌集を確認してきちゃった」

普段は依頼主からお茶や菓子をすすめられても固辞するが、この日の襄は中川先生の心遣いを素直に受け入れることにした。

襄が中川先生の庭を手入れするようになったのは、五年ほど前である。

ずっと師匠の指導を受けながら手伝っていたが、師匠が腰を悪くしたせいで、今回から一人で任されることになった。夫の昭さんの薬局には何度か訪れていた一方、中川先生とゆっくり話すのははじめてだ。

中川先生のお宅の庭は、他のどこよりも学ぶところが多かった。配石や植え込みなどの構成も考え抜かれているが、それ以上に、持ち主が庭と上手く付き合っていることが伝わってくるからだ。

冬には寒肥《かんごえ》をし、春には敷松葉《しきまつば》をとりのぞく。夏にはよく水を与えて、秋には吹寄《ふきよせ》をする。いつ来ても手入れが行き届いているので、庭師としても仕事がしやすく、手をかけるとその分反応があり、対話ができた。

再度お礼を言って、襄は湯呑みを手にとった。

「そういえば、襄さんはイギリスでお生まれになったってお伺いしたけど?」

中川先生は思い出したように訊ねる。

「父がイギリス文学の研究者で、向こうの大学に勤めていたんです」

「あら、どちらに?」

「イングランド北部にある田舎町です。湖水地方といって、『ピーターラビット』の原作者が暮らしていた町が近くにありました」

「すてきね。日本にはいつ頃?」

「中学校にあがるタイミングです。両親が離婚して、僕は母と一緒に日本に帰ってきたんです。父は相変わらずイギリスにいるみたいですけど、それ以来疎遠でして」

「あら、寂しいわね」

中川先生は庭に視線をやりながら、しみじみと呟いた。「お父さんも会いたがってらっしゃるかもしれないわね」

「いや、どうでしょう」と裏は苦笑する。

「人それぞれだけど、少なくとも私は、人生いつなにが起こるか分からないから、後悔のないようにしておきたいって思うわ」

◆

雨が大地に染みわたっていく気配に耳を澄ませていると、霧のかかったブリティッシュ・ガーデンが裏の心に浮かんでくる。日本とは光も湿度も違うのに、同じ島国のせいだろうか、冬の夕暮れや夏の朝のふとした匂いで、彼はその断片を思い出す。

もとは「岩だらけの島」だったイギリスは、植民地の歴史とともに「園芸大国」になったという。裏が暮らした町にも、近隣の住民たちが共同で管理し、区画を分けて花や野菜を育てているコミュニティ・ガーデンが多く、町の近郊には森や湖のある国立公園があった。

しかし天気が移ろいやすく、一年の半分は極端に日照時間が短くて、言葉も通じにくい生活に、母はかなり苦労していた。家にこもりがちで、自宅の小さな庭で草花を育てる時間が、唯一の気晴らしだったようだ。

一人っ子だった襄はその傍らで、クッキーの缶に箱庭をつくって遊んだ。土を固めて山をつくり、小枝の木を植え、平べったくて丸い石で道をひらく。タバコの空き箱の家をマッチの柵で囲んだあと、空想の生き物を住まわせた。三日四日で劣化してしまったとしても、自分だけの大切な居場所だった。

そんな襄が、「庭」という文化に興味を持ったのは、自然な成り行きだった。あるとき父がいない書斎に忍び込んで、一冊の写真集を目にした。それが日本庭園との出会いだった。表紙になっていた写真がきれいで、手にとらずにはいられなかった。うつっていたのは、何百年という歴史のある寺院の庭だった。

襄はそこに宇宙を感じ、憧れを抱いた。

日本庭園では、「見立て」によって無限の世界を表現する。たとえば、苔を生育して深い森を、岩で険しい山岳を見立てる。書斎で目にした写真集の表紙も、最低限の石と砂のみで、大海原の荒波や凪をあらわす枯山水だった。

襄は日本庭園について独学で勉強した。安らぎの場を提供するという意味では、ブリティッシュ・ガーデンも、箱庭づくりも同じだった。日本庭園を通して、襄は自分のアイデンティティを探ろうとした。

しかし父の影は、どんどん遠ざかっていった。

——お父さんは仕事ばっかりで、家族のことに関心がなかった。

別れた理由を、母はそう説明した。

かろうじて残された記憶も、ろくなものがない。たとえば、遊んでほしくて話しかけに行ったら、書斎の扉を無言でばたんと閉められたこと。父が食卓に座ると空気が重くなったこと。笑った顔は思い出せない。

父と過ごした最後の記憶は、雨の庭である。

もう三人で会うことは二度とないかもしれないからと、母が自宅の庭で過ごそうと提案したのだ。花壇には、母が心を込めて育ててきたツツジやアザミといった花が咲いていた。

ティーセットを準備して、甘い香りの紅茶を淹れる。お皿に盛られたお菓子は、三段重ねのスタンドにのせられていた。

一番上の段の、好物だったチョコ入りバタークッキーに、裏は手を伸ばした。

そのとき、父が苛立たしげに言った。

——お菓子は下の段からとるものだと、何度も言っただろう。

母はカップをがちゃんと置いて、ため息をついた。

――最後くらい、好きにさせてあげればいいじゃない。あなたはいつもそうだった。正しいことばかり押しつけて、人の気持ちを慮《おもんぱか》れないのよ。

父はいつものように目を逸らし、怖い顔で黙った。お別れのときくらい楽しく過ごそうと言っていたのに、自分がくだらない間違いを犯したせいで、両親がまた喧嘩をして、結果的に悲しい思い出になってしまった。裏は自分を責めた。

雨が降りはじめ、せっかくの花も色褪《いろあ》せた。

以来、イギリスには一度も訪れていない。

父は憎む以前の、遠い存在である。強いて言うなら、父親の役割を果たしてくれなかった他人。とくに話したいこともないので、ほとんど連絡もしていない。今まで異国にいることを言い訳にしてきたが、たとえ電車で数時間以内に行ける場所に住んでいても、会いに行ったかは分からない。

年齢的に、教職はもう引退したはずだ。一人なのか、誰かと暮らしているのか。いつも頭に浮かぶのは、雨の庭に一人で座っている孤独な背中だった。

◆

「晴れてきたわね」

軒先から見上げると、たしかに雲の切れ目に、青空がのぞいていた。中川先生は沓脱石《くつぬぎいし》のうえに草履を並べて、飛石を渡った。裏もあとに続くと、蒸し暑さは少しましになり、足元から涼しげな空気が立ち上がってくる。

「雨が止んだあとの庭が、一番好きなの」

中川先生はそう言って、深呼吸をした。

青々とした緑の匂いが、雨とまじって鼻腔をくすぐる。蹲踞に張った水面には、澄み切ったブルーがうつっていた。西の方から射す日が、樹木の葉についた雫のひとつひとつを光らせ、地面のうえに明暗の模様をつくる。

石と石のあいだの苔が、水をたっぷりと含んで立ち上がっていた。やわらかそうな絨毯《じゅうたん》のようだが、しゃがみこんでミクロの視点で見れば、広大な森林を成してもいた。苔に縁どられた飛石を指して、中川先生は言う。

「蛇に見えると思わない？」

「蛇、ですか」

ユニークなたとえが、裏の耳に余韻《よいん》を残した。

たしかに光を浴びた飛石は、ちょうど裏が立っている場所から眺めると、ぬらぬらと曲がりくねった線になって、枝折戸の向こうの深山幽谷《しんざんゆうこく》に消える一匹の蛇のようだった。子どもだった頃に、自分もそう思ったことが不意によぎる。

――蛇みたいだね。

その感想を、いったいどこで交わしたのだろう。多様な文化が混在するイギリスの公園には、迷路のような小道の先に、日本庭園が待っていることがあった。あのとき飛石を渡りながら、誰かとつないでいた手は、おおきくて心強いと感じた。

――お父さんにも、そう見えるでしょ？

――裏は面白いことを言うね。

父は本当に、家族に無関心だったのだろうか。うまく伝わらなかっただけで、父は父なりに、不器用なりに、息子に接してくれていたのではないか。

「どうかなさった？」

「いえ、父のことを思い出してしまって……ずっと忘れていたんですが、一緒に飛石を渡ったことがあったなって」

そうなの、と中川先生は言って、しばらく考えるように目を細めた。

「じつはうちの茶室、ずいぶんと昔に他所《よそ》から移築されたの」

「存じ上げませんでした。とても自然なので」

「少しずつ自然になっていったのよ。寄せ集めだったパーツでも、根気よく手入れをすれば、月日とともに馴染んで、バランスがとれてくる。だから出来立ての庭よりも、時間をかけて育てた庭の方が、ずっといい庭なんだと思う。たとえ台風で倒され、地震で崩れたとしても、また手入れしてあげればいい。それって、家族と同じなのよね」

中川先生の庭を見回す。

若芽透かしのなされた樹木は、しっかりと根を張り、苔は定着している。たくさんの人が渡ってきた飛石は、表面が滑らかに磨かれていた。中川先生は長いあいだ、そうやって庭を愛でるように、家族に接してきたのだろうと思った。

◆

「お客様、シートベルトの着用をお願いします」

ＣＡに英語で話しかけられ、夜なのに明るい窓の外をぼんやりと眺めていた裏は、「すみません」と慌てて座席の両端を探った。通路を挟んで斜め前の席に、幼稚園くらいの子どもが座っているのが目にはいる。離陸が不安なのか、となりの女性に「お母さん、お母さん」と話しかけている。

今までならそのやりとりを、うるさいと感じただけだろう。でもこの日の裏には、不思議と可愛らしくうつった。

飛行機は滑走路に入ったあと、徐々に速度を上げた。

終わらない祭り

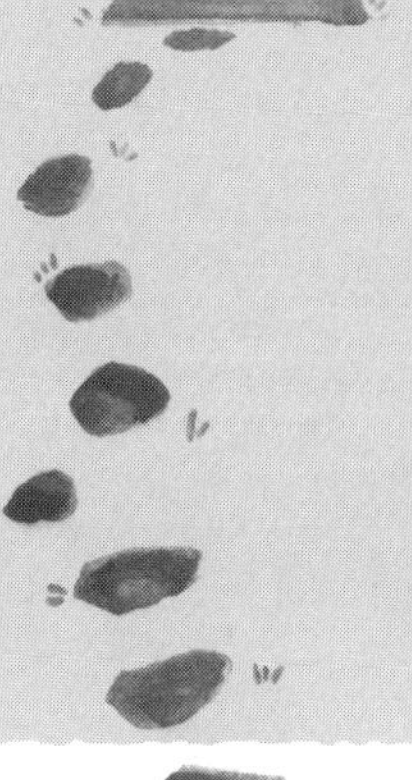

「ねぇ、部長さん。もう少し丁寧にやってほしいんだけど」

管理会社の小堀《こほり》はそう言って、不満げに井戸のまわりの敷石を指した。とつぜん注意され、部長の夏美をはじめ、早朝から清掃に駆り出されていた十余名の茶道部員たちは、いっせいに顔を上げた。

この井戸に湧き出る「名水」は、この街で月末まで開催される長い祭りの最中に、地元の人々のお茶会で用いられる。そのため近所の高校に通う茶道部員たちが、この時期になると清掃を手伝うのが恒例なのだ。

能楽堂の敷地内にある井戸は、立派な瓦の屋根が目印である。木造の柱には注連縄《しめなわ》と紙垂の他に、「賽銭箱」と書かれた井戸水の使用料をおさめる箱がつけられ、地元の人たちに古くから愛されてきた。水質、水量ともに優れているらしい。

「それから、掃除といえども、井戸水をそんなに使わないでくれる?」

小堀はため息をつき、付け加えた。

「すみません、気をつけます」

夏美は額の汗をぬぐいながら笑顔で答えたあと、小堀がいなくなったのを見計らい、顔をしかめてとなりの修子に小声で話しかける。

「あの人さ、本当に去年まで担当してくれた小堀さんの息子？」

お父さんの方の「小堀さん」は、やさしくて静かな人だったのに、二十歳そこそこの息子の方は品や人徳がないというか、今日はじめて会ったのにやたらと偉ぶっていて、なにか言われるたびに部員たちのやる気が削がれていくのが分かった。

「ふふふ。怒ると、もっと暑くなっちゃうよ」

修子には小堀の横柄《おうへい》さや作業のしんどさも気にならないのか、涼しげにほほ笑んだ。

「さすが修ちゃん、悟ってるね」

夏美はそう笑い返して、作業を再開させた。

一時間ほど黙々と手を動かしたあと、部員たちに休憩の呼びかけをする。無心で磨いていたときは水に濡れてよく分からなかったが、手を止めたとたん、石の表面が徐々に乾いて本来の色になり、ずいぶんときれいになったことに気がついた。

一層おおきくなってきた蟬の声にまじって、こんこんちきちん、という祭囃子《まつりばやし》の稽古が聴こえてくる。

「なっちゃん、そういえば、十六日にどの浴衣着てくか決めた？」

「うん。アサガオの模様で、おばあちゃんが去年準備してくれたやつでさ――」

そこまで言って、夏美は下を向いた。

数年前からその気配はあったが、祖母はとくに最近もの忘れや思い込みがひどくなり、家族のリズムがだんだんと狂いはじめていた。友人のなかで唯一この事情を知っている修子は、夏美の心を察したように訊ねる。

「おばあちゃんの具合、どう？」

「あんまり」

そっか、と言って修子は梅雨の明けない空を見上げた。

「なっちゃんの浴衣に合わせて、私も花柄にしようかな」

◇

夏美は物心ついた頃から、自分の意志とは別に、なぜか人の輪の中心に立たされることが多かった。だから学校でも「高杉さんの言うことなら、みんなが聞くから」とまとめ役を任されがちで、その期待に応えるべく頑張ってきた。

とくに祖母の調子が悪くなってからは、自然体でいられた家でも、無意識に明るくふるまう日々が続いていた。そのせいか一人になったときにふと、祖母の記憶が失われていくように、本当の「自分」を忘れてしまう気がして怖くなった。

――夏美って、運動得意なのに、なんで茶道部なんかにいるの？

いつも一緒にいるグループの子たちは、華やかな運動部に所属している。

――週一回、和菓子を食べられるからね。

そう言って、夏美は誤魔化してきたが、最初のきっかけは静かに一人でいる時間を持ちたかったからだ。

はじめのうち、茶道部でも顧問や部員たちからリーダーシップや意見を求められたが、修子だけはなぜか違った。クラスや属するグループも異なるので部活でしか一緒にいられないが、修子といる時間がやがて心地よくなっていった。

とくに本当の「自分」について悩むようになって以来、夏美は茶道部に入ってよかったと実感している。

「ま、いいかな、このくらいで。ご苦労さん」

磨いた敷石を確認したあと、小堀はぶっきらぼうに言った。それを聞いて安心した部員たちは、冷たい井戸水で喉をうるおしたり、手ぬぐいをしぼって腕や顔の汗を拭ったりしたあと、それぞれに帰る準備をしはじめた。

最後に、夏美は全部員の前で、祭りのあいだに開かれるお茶会のスケジュールを確認する。

「以前お知らせしたように、ここでのお茶会は七月十三日から十六日の夜まで行われます。今年は十六日の夜に参加させてもらえることになっているので、集合時間を忘れずに来てください。とくに私たち三年生の部員にとっては、最後の大切な思い出になるイベントで、引退試合みたいなものになります」

後輩たちが神妙な顔つきで肯いた。

「そのあとも、たまにお稽古にはお邪魔するけどね」

修子がやんわりと言うと、笑いが漏れた。

「おつかれさまでした」

部員たちはお辞儀をして解散した。

夏美は祖母や母のために「名水」を貯めた水筒を大切に抱えながら、修子と帰路についた。今から一週間もすれば、能楽堂の面する通りにも数年前に再建された鉾が出現し、見違えるような祭りの装いになるだろう。すでにあちこちの通りで各々受け継がれた鉾を建てる準備が進められ、街全体がうきうきして落ち着かない。

「じゃあね」

「うん、また学校で」

橋のたもとで別れたあと、夏美は立ち止まってしばらく修子のうしろ姿を名残惜しく見送った。お茶会が終わって引退すれば、二人で並んで歩く機会は少なくなってしまうからだ。

十六日の夜、待ち合わせた橋の上からは、山の稜線に切り取られた空が炎のように燃えているのが見えた。一日の終わりなのにちっとも寂しげではなく、むしろ通りを行き交う人混みの高揚感が、空に反映されたみたいだった。

「お待たせー」

肩を叩かれ、われに返った。修子が着ている水色のアヤメ柄は、夏美のピンク色のアサガオ柄と好対照だった。

二人は人波をかき分けるようにして、茶会のひらかれる能楽堂に向かった。歩行者天国になっている大通りでは、出店がずらりと立ち並び、いったいどこからこんなに大勢が集まったんだろうと驚くほどの盛況ぶりだ。

裏通りに一本入ると、人混みはまばらになるが、祭囃子の演奏がはっきりと聴こえる。どの店先も開け放たれ、みやびな屛風や衝立を惜しげもなく披露している。この街の文化を愛する地元の人々の底力を目の当たりにするようで、夏美は毎年のことながら感心した。

気がつくと辺りはすっかり暗くなり、提灯《ちょうちん》の光が際立っていた。碁盤の目に沿って連なる光の列は、他の通りの鉾と鉾をつなぎ、祭りを主催する神社まで導かれるようだ。

「神さまが降りて来たみたいだね」

「街中にね」

修子は答え、歩みを止めた。

能楽堂の面する通りにも、見事な鉾が建てられていた。

身長よりも高い車輪のうえには、異国情緒の漂うあざやかな織物が設えられ、さまざまな物語を伝えている。破風《はふ》にある鳳凰の彫刻にせよ、鉾頭で星のようにまたたく金色の菊花にせよ、どこに視線をやっても絢爛《けんらん》だ。

この世のものではないような光景を目の当たりにして、夏美は心細くなった。神秘的な輝きのなかで、ふいに祖母とはこの鉾をもう見られないかもしれない、という現実的な不安が際立ったからだ。

そのとき、となりで鉾を眺めていた修子が、ぽつりと呟いた。

「うちのお母さん、私が中学生のときに亡くなっちゃって」

とつぜん切り出され、夏美は修子の方をふり向いた。

修子は鉾の方に視線を向けたままで、その瞳には闇に輝く祭りの光がうつっていた。

夏美はほとんど聞いたことのなかった修子の打ち明け話を受け止めながら、今日のお茶会が終わってしまえば、本当の「自分」に戻ることのできた、修子との貴重な時間も減ってしまうのだとしみじみ感じた。修子はつづける。

「私のお母さんね、長いあいだ茶道の先生をしていたから、ここの井戸にもよくお水をもらいに来てたみたいだけど、結局詳しいことはなにも教われないままでさ」

夏美は少し考えてから、「だからお茶をはじめたの」と訊ねる。

「うん。遺品を整理しながら、お母さんが大事にしてきたたくさんのお道具が、もう役に立たなくなっちゃうんだなって想像したら、急に悔しくなって」

夏美はその話に耳を傾けながら、修子のやさしさや強さの裏側にある、ずっと抱えてきたであろう孤独について想いを馳せた。

祭りの熱気に浮かれる人たちで周囲はさらに混雑してきたが、鉾の前で佇む二人のあいだには静けさが漂っていた。しばらくすると修子は意を決したように、夏美の方を向いて目を見つめた。

「でも今まで茶道を続けてきた理由は、別にあるの」

修子は恥ずかしそうにほほ笑んだ。

「なっちゃんがいたから」

意外な一言にあっけにとられる。

「茶道部の活動でなら、なっちゃんと一緒にいられたでしょ。なっちゃんって、自分では気がついていないかもしれないけど、太陽みたいなエネルギーがあって、そばにいるだけで元気になれるんだよね。おばあちゃんのこと、大変だと思うけど、きっとみんななっちゃんに救われてるよ。少なくとも私はそう。だから茶道のことも、いつのまにか本当に好きになれた。部活は引退しちゃうけど、これからもなっちゃんとお茶をつづけたいな」

「もちろんだよ」

夏美は修子の手をとり、「お茶って何十年とか、一生涯とか、ずっとつづけられるものだって先生も言ってたし」と大きく肯いた。

◇

「おう、やっと来たか」

お茶会の列に並んでいると、小堀から声をかけられた。酔っ払っているらしく、日に焼けた顔が赤らんでいる。しかし肉体労働をしているだけあって、法被《はっぴ》がよく似合い、このあいだとは少し違った印象を受けた。

「毎年、ここに来られてるんですか」と、夏美は訊ねる。

「あったり前だろ。水を相手に仕事してんだから」

「なんだか、意外ですね」

「は？　どういう意味だよ」

ぽろりと本音が漏れて、夏美はしまったと手で口元を覆った。それまでの印象が悪すぎたせいで、小堀が井戸の茶会に現れたことも、街の伝統を支える仕事に誇りを持っていることも、意外に感じられたからだ。

「でも私たちも三年間、年に一回だけでしたけど、井戸のお掃除をお手伝いできて、小堀さんたちの水を大切にする考え方に触れられて、本当に勉強になりました」

となりの修子が取り成すように礼を伝えると、小堀はあっさり機嫌を直し「そうだろ」と大きな声で言いながら人差指を立てた。

「井戸水っていうのはさ、当たり前に湧いていると思っていても、いつ涸れるかもしれない貴重なもんなんだよ。逆に言えば、『名水』って呼ばれる特別な井戸でも、毎日こんこんと湧いてくれてるわけで。祭りだって同じだよ。七月が終わって一区切りしても、またどこかで別の祭りがはじまって、それが毎年くり返されるんだ。つまり特別なものと当たり前なものっていうのは、受け止め方で変わってくる。なんか俺、今カッコいいこと言ったよな？」

顔を見合わせた二人をよそに、小堀は上機嫌に話しつづけた。

宿るものたち

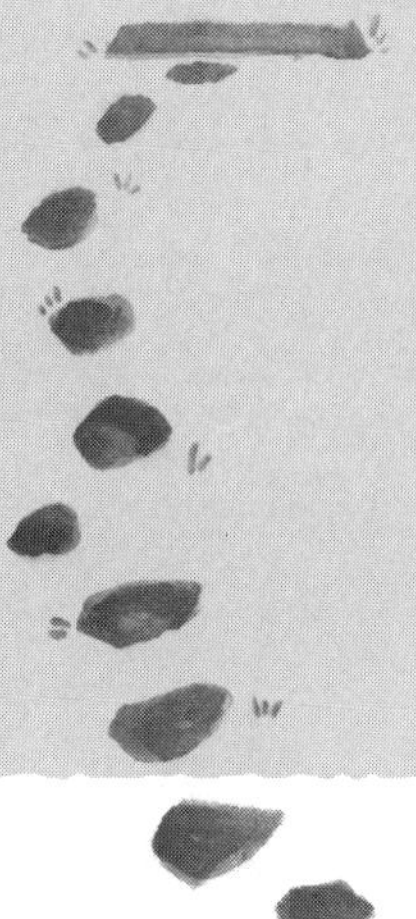

おれは蛇だ。この家の茶室に、長いあいだ棲《す》んでいる。どのくらい長いかというと、人間の寿命以上になる。この辺りでは古参《こさん》だな。

どうしてそんなに長生きしているかって？

じゃあ、おれの生い立ちから話してやろう。

おれの母親はおれの卵を産んだあと、すぐにどこかに消えてしまった。薄情《はくじょう》な母親だってか。いやいや、蛇ってのはそういうもんさ。赤ん坊のときから、独りでたくましく生きていかないといけないんだ。

おれの運命を変えたのは、生まれてはじめて迎えた冬のことだった。

だんだんと風が冷たくなるにつれ、身体の動きも鈍くなってきた。冬眠のこともまだ知らなかったおれは、この世の生き物が絶滅してしまうんじゃないかとびくびくしながら、暖かいところを探して森をさまよっていた。

そうして幸運にも、とある寺にたどり着いた。寺といっても人気《ひとけ》はなく、打ち捨てられてしばらく経っていた。そう、廃寺《はいじ》ってやつだな。荒れ果てた敷地内には、小さな木の建物があった。忍び込んでみると、畳はところどころ破れ、土壁は虫に食われていたが、おれにはこれ以上ない避難所だった。

それにしても、どうして人間は蛇を嫌うんだろうな。おれからすれば、人間の方がよっぽどへんな体つきだし恐ろしい。だからこっちから危害を加えたことなんて一度もない。それなのに見つかると、一方的に襲われるんだ。本当にひどいやつらだよ。

話が逸《そ》れたな。断っておくが、おれは寄り道をするのが好きな性質《たち》なんだ。ほら、おれの身体もくねくねと曲がって、いかにも好きそうだろう？

それで、おれは新しく見つけた廃屋の天井裏で、すぐ眠りについた。そりゃもう、極楽浄土みたいに深くて幸せな眠りだったさ。薄暗いのにぬくもりのある、居心地のいいところだったんだ。

でも突然、ドンッという強い衝撃で乱暴に起こされた。

大きな物音がつづいて、おれは屋根でも落ちてきたのかと仰天した。寝ボケたおれにはしばらく分からなかったが、実際に落ちていたのはおれの方だった。

「うわ、蛇がいやがった！」

人間の声がした。

ゆっくりと見上げると、青い空が頭上に広がっていた。人気のない森の廃寺にいたはずが、そこは工事中の空き地で、人間の暮らす家がそばにある。そして十余人の男たちが、おれを取り囲んでいた。

「誰か、捕まえろ」

「こいつ、毒を持ってるんじゃないか」

殺される！　そう本能で察したおれは、どこかに身を隠そうと右往左往した。男たちが悲鳴を上げて逃げまどう。痛ぇ。石を投げてきやがった。長い眠りから醒《さ》めたばかりで、うまい具合に身体が動かず、もうこれで終わりかと腹をくくった、そのときだった。

「どうしたの」と女の声がした。

「奥さん、この蛇が紛れこんでいたみたいなんです。解体作業のときには気がつかなかったみたいで」

「まだ子どもの白蛇じゃない、可哀相だから逃がしてあげなさい」

「でも毒があるかもしれませんよ」

男が女の方に気をとられているあいだに、おれは一目散に逃げた。しかし隠れるのによさそうな茂みが見つからない。と、数メートル先の建物の床下で一人の子どもがうずくまって、にこにこと笑いながら手招きをしているじゃないか。

「こっち、こっち」

男たちの「おい、あっちに行ったぞ」とか「見失った」とかいう声が追ってきたが、ふり返らず、やっとの思いで床下にもぐり込んだ。

「ふぅ、助かった」

「あんた、バカじゃないの」

開口一番で、その子どもはほほ笑みながらも、ぴしゃりと言った。「とつぜんあんな風に姿を現したら、人間たちに殺されるに決まってるじゃないのよ」

「知らねぇよ、天井裏で寝てたら突然こんなところに連れて来られてたんだ。いったいどういう事情なのか教えてくれねぇか」

「もしかして、あんた、あの茶室がここまで運ばれるあいだ、ずっと寝てたの？　山を三つも越えたところから、はるばる牛車《ぎゅうしゃ》で移されて来たっていうのに」

「なんだよ、その茶室っていうのは――」

と訊きながら、おれはおかしなことに気がついたんだ。「おい、待て。お前さん、人間の子どものくせに、どうしておれと会話ができるんだ？」

するとと子どもは澄ました顔で笑った。

「あたいは人間の子どもじゃないよ。座敷童子《ざしきわらし》っていうんだ」

「座敷童子！」

噂には聞いたことがあったが、たしかによく見ると人間の子どもとはどこか違う。やけに落ち着いているというか、頭が大きすぎて笑顔が不気味というか。こりゃ本物だ。本物のオバケだ。おれは絶叫した。オバケは苦手なんだよ！

◆

そんな出会いではあったが、家族のいなかったおれに、座敷童子はいろんなことを教えてくれた。ひょっとすると座敷童子の方も、話し相手が欲しかったのかもしれない。座敷童子は複雑な事情があって、百年以上その家にずっと一人で棲みついているらしかった。

中川さんっていうのが、家主の名前だった。中川さんは代々薬局を営んでいた。なんでも、外国でしか手に入らない生薬《しょうやく》を輸入したり、それを手広く卸《おろ》したりして、財を築いてきた家系らしい。

「なんだかんだ百年も薬局を続けられたのは、全部あたいのおかげなんだよ。あんたにしても、あたいがいなけりゃ、今頃人間に殺されていたか、どっかで野たれ死んでたかもしれないんだから、感謝してよね」

座敷童子は勝ち気で辛口だったが、根はやさしかった。茶室を手入れしている奥さんも、ひそかにおれの存在に気がついていたようだが、決して退治はせず、茶会の団子を残してくれたり、屋根裏には近づかなかったりと友好的だった。人間も捨てたもんじゃねぇなと少し見直したさ。

修繕がなされた茶室は、年を追うごとに馴染んでいった。人の出入りも少ないうえに、冬は湯が沸かされて暖かく、夏はひんやりと涼しい。庭も気持ちがよくて、おれは誰もいないときに飛石で日向ぼっこをするのが日課になった。時折うっかり居眠りしちまって、人間の驚く声で目を覚まし——蛇にまぶたはねぇから、目はずっと開いてるんだけど——慌ててしゃーっと逃げたりしてな。

いつだったか、座敷童子はこう言った。

「茶室を設けるように提案したのは、あたいなんだ」

「え、お前さん、人間と話せるのか?」

「まさか。あたいはね、見えないからこそ存在するんだから。でも直接話さなくても、そう仕向けることはできるわ。たとえば人間たちが寝てるあいだに、枕元で囁《ささや》くのよ。そうしたらイチコロ。この茶室はもともと地元では有名な女性の茶人が使ってたんだけど、廃仏毀釈っていうのがあってね、その波を受けたせいで、廃寺になってから十年も放置されて取り壊される寸前だった。だから中川さんに安くそれを引き受けてもらって、奥さんがうちでもお茶をできるようにしたの。商売にも役に立つかもしれないし、奥さんへの日頃の感謝もあってさ」

「ほー、お前さん、やるじゃないか」

「ふん、暇なあんたとは違うの」

「おれは暇じゃねぇ、怠けることに打ち込んでるんだ」

座敷童子は「なに言ってんだか」と呆れた。

◆

でもおれたちの平和な日々は、そう長く続かなかった。

おれにとって十回目の冬のことだ。蛇で十歳といえば老年期だから、少しずつあの世に行く準備をはじめていた。食べたことのない種類のカエルを味わってみたり、蔵にあるお宝をのぞいてみたりな。そういえば、途中で上等そうな茶碗をひとつ割っちまったが、おれの仕業だとは気がつかれなかったようだ。

でもその頃、なぜか座敷童子は独りでふさぎ込むことが増えた。

「さては、おれが死んじまうのが悲しいんだな？　素直じゃないとは思っていたが、そこまでおれを好きだったとは、おれも罪な蛇だな」

座敷童子はふんっと鼻を鳴らした。

「バカ言わないでよ、むしろ清々《せいせい》するわ」

「じゃあ、なんでそんなに元気がないんだよ」

「別に、元気よ」

はじめのうちは強がっていたけれど、ある日、床下で泣いているのを発見した。心配になったおれは、しばらく寄り添ってやった。ひとしきり泣くと、座敷童子はぽつりぽつりと話してくれた。

「いつだったか、あたいは人間から見えないことで存在できるっていう話をしたの、憶えてる？」

「憶えてない」

「あんたって、ほんとバカね！　食べることと寝ることしか考えてないんだから。脳みそちっちゃすぎ」

おれは「そこまで言わんでも」と少し傷つきながら、話のつづきを促した。

「見えないことで存在できるっていうのはね、つまり人間たちに見つかってしまったら存在できなくなるの。それなのに、人間たちは霊を無理やりに探したがる。あんたは能天気だから知らないでしょうけど、最近カメラっていう恐ろしい装置が発明されたらしいじゃない。あんなものが出回ったら、あたいたちの棲み処はどこにもなくなってしまうわ。自分の首を絞めることになるとも気がつかずに、技術と知恵でどんどん進化してしまう生き物が人間なのかしら」

座敷童子はおれには分からないなにかを危惧していた。ただおれに分かったのは、座敷童子との別れが近づいているということだった。おれは悲しくて、ともに声をあげて泣く代わりに、からからと尻尾を鳴らした。

「おれももう死ぬことだし、どっか田舎にでも越したらどうだ？」

「駄目よ。あたいが出て行ったら、奥さんたちが困ってしまう」

「そんなこと言っても、仕方ねぇだろ。お前さんはよくやったよ」

しばらく考えたあと、座敷童子ははっと顔を上げた。

「そうだ、あたいの代わりに、これからはあんたがこの家の幸せを守ってくんない？　蛇だったら、見つかったところで怖がられても、あやしまれはしないだろうし」

「無理だい、おれはもうすぐ死ぬんだぞ」

「霊になればできるわよ、あたいの力を分けてあげるから」

おれは戸惑いつつ、座敷童子の頼みを断ることができなかった。

◆

お盆になると、この家に帰ってくる先祖の霊たちをもてなすのがおれの役目だ。今年も霊たちに向けた迎え鐘が、ひっきりなしにゴンゴン鳴らされる。仏壇には不格好なキュウリとナスもお供えされた。

「あぁ、腰が痛い。もう少しマシな乗り物を準備してくれんかね。現代じゃあ、リニアが開通するかもっていうのにさ」

帰ってきて早々、先祖の一人がボヤく。ふわふわの霊のくせに贅沢だってんだ。自分で言うのもアレだが、おれがこの家の人間だったら、おれみたいな出来のいい守護霊には泣いて感謝するぞ。

玄関の方も騒がしくなってきた。子どもが孫を連れて到着したらしい。なぜか幼い女の子はおれを見つけるのが得意みたいだから、隠れておかなくっちゃな。

座敷童子よ。お前さんは、今どこでなにしてるんだ？　あれから百年以上経って、みんなスマホとかいうやつで四六時中写真ばっかり撮ってるらしいけど、暮らしにくくなってねぇか？　でもお前さんのことだから、きっと今も見えないところから、おれのことを笑ってるんだろうな。おれは今も、お前さんの代わりにこの家の人たちの幸せを守っているよ。

待宵月

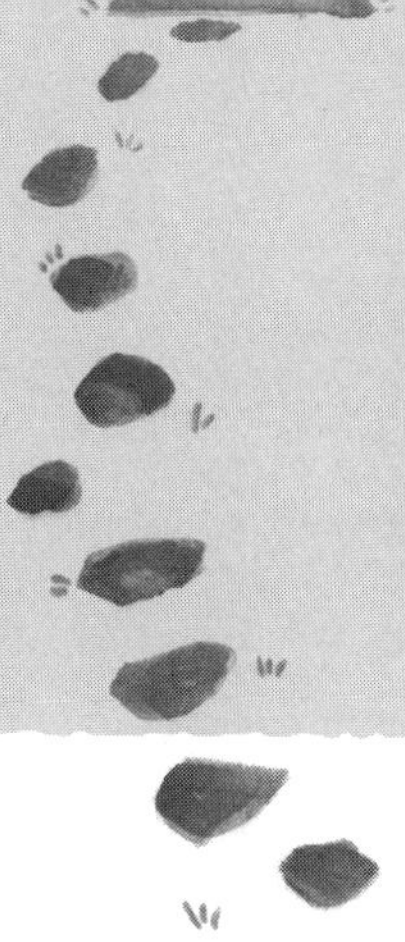

坂本が時間を潰している新宿駅近くのファストフード店は、バスターミナルの向かい側にあった。油っぽい臭いのする店内の、ガラス壁に面したカウンター席からは、林立する高層ビルや、その下で波のように往来する人や車が、自分の姿と重なって見える。

坂本は上京した日のことを思い出した。高速バスから降ろされたのは、新宿西口の近くだった。朝日がとにかく眩しく、それまで嗅いだことのなかった都会の空気を深く吸いこむと、希望に満ちあふれる感じがした。

店内にいた学生らしき若者が大きな笑い声をあげて、坂本は現実に引き戻される。ポケットからケータイを出したが、彼女からの連絡はなかった。

——私たち、やっぱり別れよう。

数日前、引っ越し用の段ボール箱が積み上がっている以外なにもなくなった部屋で、彼女からそう切り出された。

——これから物理的にも距離ができたら、うまくいかなくなるに決まってる。それに、今言うべきことじゃないのは分かってるんだけど、最近坂本くんといると、つらくなるんだよね。

彼女は申し訳なさそうに、しかしきっぱりと言った。大手企業に勤める彼女には彼女の人生があるし、これまで情けない状況に長らく付き合わせてしまった以上、いつ別れを告げられてもおかしくなかった。でも自分といるとつらくなるという言葉だけでなく、物理的にも、という言葉が、坂本の心に刺さった。

――坂本くんのせいじゃないのよ。タイミングとか、運とか、そういうのが重なったんだと思う。

一番大切な女性を幸せにすることもできない自分が、心底情けなかった。

❖

紙カップをのせたトレーに敷かれていた、〈本日『中秋の名月』のため、月見バーガー半額！〉と書かれたチラシがふと目に入った。

まだ学生だった頃、満月の夜になると、坂本はアパートの汚い屋上に寝そべって空を眺めた。月の引力で潮が満ち引きするという現象や、月面着陸をしたときに亡き娘のブレスレットをひそかに置いてきた、というアームストロング船長の逸話について考えるたび、月にロマンを感じたものだ。

でも最近、月をゆっくり見上げる余裕はなくなっていた。去年の十五夜は、天気がどうだったかさえ思い出せない。

◆

ファストフード店を出て、坂本はバスターミナルに向かった。九月とはいえ、まとわりつくような蒸し暑さだった。横断歩道を渡り、家電量販店を通り過ぎると、見覚えのある男を数メートル先に見つけた。デザインのこったシャツを着てハンチング帽をかぶり、何人かのグループで談笑しながら歩いてくる。坂本は気がつかれないように、うつむいてとなりを通り過ぎようとしたが、運悪く呼び止められた。

「あれ、坂本じゃん」

高田というその男は嬉しそうに、周囲に坂本を紹介する。

「こいつ、俺の同級生なんですよ」

大学を卒業したあと、高田はすぐに有名な画廊に取り扱われ、メディアに露出しはじめた。あれよあれよというちに売れていき、あれから十年経った今、同級生のなかではもっとも成功している存在だ。しょっちゅう百貨店で個展を行い、近いうちに海外で展示するという噂も聞いた。同じ場所からスタートしたのに、ここまで差をつけられてしまうと、自分には才能がなかったのだと思い知るには十分だった。

「こちらは、お世話になってる画廊のスタッフの方々。今から学芸員さんと合流して飲みに行くんだけど、良かったら坂本も来る？」

悪気なく誘って来た高田のとなりで、スタッフたちが一瞬顔を見合わせたのを、坂本は見落とさなかった。

「ごめん、俺もこのあと仕事で打ち合わせがあるからさ。この荷物も、そのための準備で」と言って、坂本は手に持っているボストンバックを軽く叩いた。

「そうなんだ、久しぶりに坂本と飲みたかったんだけど残念だな。来週この近くで展示がはじまるから、よかったら見に来てよ」

「おめでとう、楽しみにしてる」

「お互い、頑張ろうな」と言って、高田は笑顔で去って行った。

その背中を見送りながら、坂本は心のなかで本当のことを呟く。じつは今から高速バスで実家に帰るから、来週は東京にいないんだ。わざわざ持ち帰るほど大切な荷物もたいしてなくて、過去作もほとんど処分したんだよ。

高田は昔から社交的で気のいいやつだった。都内に実家があるのに在学中から親が借りた広くて立地のいいマンションに住んでいた高田を、いつか見返してやりたいと対抗心を燃やしていたが、今では悔しいとも思わなかった。

◆

坂本はターミナルの乗り口を確認したあと、コンビニのATMでお金を引き出そうとしたが、残額はほとんどなかった。

「十年頑張って、これかよ」

つい自虐的な笑みが漏れる。

金銭だけが尺度じゃないという考え方もあるのだろう。でも主観的な尺度を保ちつづけられるほど、坂本はもう純粋でも情熱的でもなかった。東京で精一杯やってきた成果は、たったこれだけなのだ。冷静に受け止めるほど、情けなくて悲しくて、坂本は自分の存在価値が分からなくなる。

学生時代からアルバイトをしていた看板屋の、正社員を辞めたのは三年前だった。書の新入賞をとったのをきっかけに、何十点という書画の制作を、改装中のホテルから各客室に飾るためにまとめて依頼され、思い切って書家として自立したのだ。全力で取り組んだにもかかわらず、納品の直前になって、社長の意向で白紙に戻すことになったという、信じがたい連絡が入った。数百万円を見込んでいた収入は、水の泡になった。

それ以来、坂本にとって悪いことがつづいた。まず、どれだけ気合いを入れて個展をしても、まったく売れなかった。最初のうちは「また次回がある」と前向きに考えることもできたが、しだいに自信を失った。一生懸命にやっても結局誰にも必要とされず、すべて無駄になるのではないかという不安が常につきまとうようになり、悪循環に陥った。そして先月から、実家にいる親が入院することになり、制作どころではなくなった。

夢を追いかけていた坂本のことを、一緒に暮らしていた恋人は支えてくれた。正社員を辞してからは家賃だけでなく、食費なども彼女に負担してもらっていた。唯一坂本の才能を信じてくれていた彼女の期待に応えたいと思っていたが、坂本は家業を手伝うためという表向きの理由の裏側に、自分のちっぽけなプライドを守るためという本当の理由を隠して、故郷に帰ることに決めた。遠距離でもうまくやって行けると信じていたが、先日別れを切り出された。よく考えれば、自分が彼女の気持ちを本当のところで想像できていなかったことが、別れの原因だろう。

◆

バスに乗り込む頃、日は沈んでいた。車内アナウンスを半分聞き流していると、窓の向こう、高層ビルの合間に丸い月が浮かんでいた。そういえば今夜は十五夜だとチラシに書いてあったな。雲ひとつない夜空で、月はどの人工の光よりも輝いている。手をかざすと、膝のうえに影が落ちた。

月ってこんなに明るかったっけ？

坂本はこれから帰る故郷のことを考える。書道にはじめて接したのは、六歳のときだった。実家の近くに中国人の先生が教えている書道教室があり、あまりにも字が下手だから、と親に強制されて嫌々通いはじめた。しかしあるとき、丸をかいただけの不思議な作品と教室で出会った。

——これ、お月様なの？

——そう見えるかい？　これは円相といって、もっとも難しい形とされてるんだ。

――嘘だ、こんなの僕でもかけるよ。

先生は愉快そうに笑った。

――じゃあ、かいてごらん。

実践すると、ただの丸なのに、たしかにものすごく難しかった。何度やってもアンバランスに歪んでしまう。お手本とされる名作には、沢庵和尚《たくあんおしょう》の手書きとは思えない完全無欠な円もあれば、仙厓《せんがい》の機知にとんだ軽妙な円もある。しかし、なぜか自分のとは程遠い。他の文字と違って、これという書体やかき方が決まっているわけではないせいか、何年経っても理想には近づけなかった。成長してからも、坂本にとって円相は原点ともいえる特別な題材だった。

円相と月はつくづく似ている。完全な円形に見えても、欠けや歪みがある。すぐ手が届きそうで、実際には到達するのがとても難しい。それ以来、坂本は円相だけではなく、本当にかきたい言葉をかきたい書体でさまざまな表情をつけてかくことに夢中になった。正しくきれいな文字ではなく、自分にとっての答えを模索した。

あのときが一番幸せだったのかもしれない。

才能があるかどうか、売れるかどうかなんて考えず、ただ好きなように筆をとることができた。どんなに頑張っても認められない苦しみもなかった。でも書で食べていこうとすると、一握りの成功者と自分を比べずにはいられない。誰もがアームストロング船長になれるわけじゃない。自分のような凡人がつづけても、みんなを不幸にするだけだ。

首都高沿いに、煌々《こうこう》と光る東京タワーが現れた。広告塔や車のライト、ビルの光や掲示板がそれぞれの速さで往来するなかで、月がふたたび顔を出す。東京タワーと月が、まるで一枚の絵のように並んだ。

都会の夜景もこれで見納めかな。

ケータイが鳴ったのは、そのときだった。デパートの女性スタッフからである。先月これが最後だと心に決めて、一点だけグループ展に置いてもらっていたのだ。商品が売れなくでも親身になってくれて、何回か展示のチャンスをくれた女性スタッフには本当にお世話になった。最後にその一点が売れれば、彼女への恩返しになるかもしれないと思ったが、問い合わせは一件もなかったらしい。

今夜のバスで実家に帰ることも、書家になる夢を諦めることも、彼女には正直に伝えていた。

「もしもし、もうバスに乗られました?」

「ええ、どうされました」

「作品が売れたんです！　あんまり嬉しくて、坂本さんに早くお伝えしたくて」

「本当ですか、どんな方が」

「あの展示を見てくださった方だそうです。ずっと気になっていて、今夜の満月を見て心が決まったとおっしゃっていました。本当によかったですね」

「ありがとうございました」

電話を切ったあと、しばらく余韻に浸りながら、その買い手が見たという満月を、坂本もふたたび見つめた。明暗のきっぱりしていた月が、蜘蛛《くも》の巣のように滲んでいた。

✣

それから一ヶ月間、坂本は家業を手伝いながら、鳥のさえずりや木々のざわめきに、もう東京にはいないのだと実感した。これでよかったんだ。そう自分に言い聞かせながらも、心にぽっかりと穴があいたようで、新しくなにかをはじめる気にはなれなかった。そんな矢先、一通の手紙が坂本のもとに届いた。最後に納品した書のことも、忘れかけていた頃である。

このたびは、素晴らしい作品をありがとうございました。

じつは私の家では毎年十五夜になると、月が描かれた古いお軸を掛けて、お月見をするという習慣がありました。

デパートで拝見した坂本さんの円相はどこか月に似ていて、不思議と心に残りました。何事も完璧ではなく、満たされない想いを抱えながら生きていくのだと教えてくれるようだったからです。

私は茶道を嗜《たしな》んでおります。いつか坂本さんをお招きして、作品のことをお伺いしながら、お茶を点てたいと思っています。

これからも、応援しています。


最後に、中川修子と記されていた。

坂本は手紙をたたむと深呼吸をした。この先のことは分からない、それでも——。坂本は湧き上がる感情に従いながら、他ならぬ自分のために、仕舞い込んでいた硯と筆を手にとった。

繕いの夜

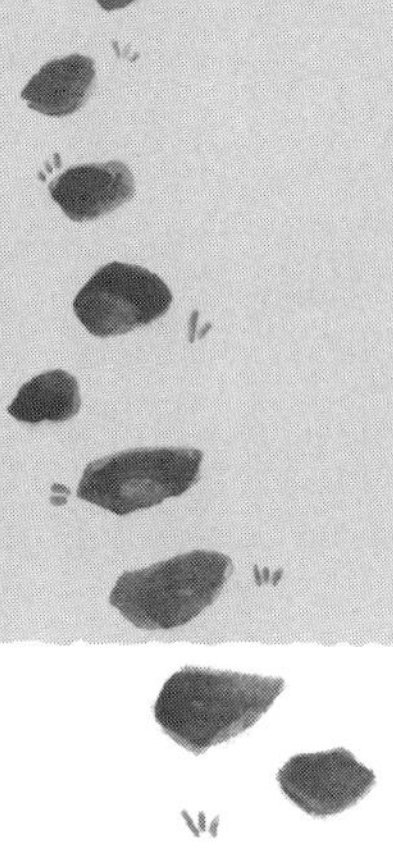

「お待たせしております」

澤山三也子が客間の襖を少し開けると、着物姿の客人——中川修子が丁寧なお辞儀を返した。三也子はお茶を出して、廊下にとどまる。

「夫はお寺の集まりが長引いているようで、もう少しで帰ってくると思うのですが……」

「ありがとうございます。急ぎませんし、ここにいるだけで飽きませんから」

そう言って、修子は室内の設えに視線をすべらせる。この客室は、三也子が嫁《とつ》ぐずっと前に、亡き義父がこだわってデザインしたのだという。襖には有名な日本画家によって竹林の絵が描かれ、天井も材木の選び方などに遊び心が溢れている。

秋晴れの、清らかな朝だった。ガラス戸越しに望む庭の草木も、いつもより澄み切ってうつる。青空には砂をまいたような雲がかかり、葉ずれや雀のさえずりもよく聞こえる気がした。

「あの花入は、蓮右衛門《はすえもん》さんの作品ですか」

床の間に飾られている二十センチほどの、稲穂の絵付がなされた花入を指して、修子は訊ねた。

「ええ、夫のものです」

「蓮右衛門さんの作品は、どこか女性的だなと最近思います。やわらかくて、やさしさがあって、そういうところが好きなんです」

三也子の夫は陶芸家だ。街のはずれにある山の麓《ふもと》で、茶道具を中心としたやきものを制作、販売している。修子は澤山蓮右衛門のうつわを定期的に買ってくれるお得意さまで、今日は折り入ってお願いがあると言われていた。

しばらくすると、夫が汗を拭きながら現れた。

「中川さん、お待たせして申し訳ありません。いやはや、住職の説法がずいぶんと長引いてしまいまして」

「とんでもありません」

夫は修子の目の前に腰を下ろすと、台所に戻ろうとした三也子に「お前も同席しなさい」と小声で呟いた。天気やお互いの近況などの短い世間話を交わしたあと、「お願いというのは？」と夫の方から切り出した。

「じつは修復をお願いしたいものがあるのです」

修子は傍らに携えていた風呂敷を前に出し、そのなかの桐の箱に収められた小ぶりな茶碗を畳のうえに置いた。ほんのりと熟した果実のような、丸みを帯びた茶碗は、蓮右衛門の作風にもどこか似ている。ただし四分の一ほど口の部分が欠け、布にくるまれて同梱《どうこん》されていた。

「この通り、割れてしまったお茶碗です。先日久しぶりに自宅の蔵を整理しましたら、この茶碗が壊れていたことに気づいたんです。いつこんな状態になってしまったのか……家族の誰も心当たりはないといいますから、幽霊でもいるんでしょうかね」と言い、修子はなにやら含み笑いを浮かべた。

「うちの古い茶碗も、気づかぬうちに目に見えないヒビが入って、割れやすくなることがありますよ」

夫も表情をゆるめ、修子は肯く。

「自分で修復することも考えたのですが、この茶碗は代々中川家の女性たちによって受け継がれてきた、特別な財産です。いつか息子の大切な人に手渡すかもしれないので、ちゃんとした方にお願いしたいと思いまして。ただ、蓮右衛門さんは工芸展の大きな賞も受賞なさったばかりで、他の注文もお忙しいと思うので、こんな些細なことをお願いするのは本当に恐縮なのですが……」

「とんでもない」と否定しているが、たしかに蓮右衛門は最近大きな仕事を複数抱えており、このような修復をあまり請け負わなくなっていた。

「それで、今回は三也子さんにお願いできないでしょうか」

三也子は夫と顔を見合わせる。

「もちろん、蓮右衛門さんに引き受けていただけるなら有難いですが、先日、三也子さんが工房で作業をなさっているのをお見かけしました。女性に縁のあるやきものですし、ご多忙な蓮右衛門さんに代わって、三也子さんに引き受けていただくのもいいかしらと思いまして」

そう言って、修子は三也子にほほ笑んだ。

夫は腕組みをして考えたあと、「では、三也子にやらせましょう。家内はこう見えて、陶芸の腕前に優れているんですよ」と言った。

✣

蓮右衛門の自宅には、こぢんまりとした登窯と工房として使っている木造の建物が隣接する。工房には、轆轤《ろくろ》や電気窯といった設備の他、釉薬や陶土を寝かせるムロなどがあって、隅々まで塵ひとつ残さず掃除されている。

真夜中の工房は、まだ十月なのにだいぶ気温が下がる。窓の隙間からは、コオロギや鈴虫の音とともに、夜風にのって金木犀《きんもくせい》が香る。三也子は作業机に腰を下ろして、修子から受け取ったやきものを見つめた。

さて、どのように修復すべきか。

もとの作者は、この土地に窯を構えていた知る人ぞ知る陶工であったが、窯は途絶えているため、新作が生み出されることは二度とない。その分、責任も重大だ。幸い、ふちに三、四本のヒビが放射状に入った「鳥脚《とりあし》」という珍しくない割れ方で、状態も悪くない。

漆を使って、欠けたり割れてしまった陶磁器を繕う伝統技法の金継は、かつては蒔絵師が副業で行う、お茶の世界を中心にした一部だけの風習だったという。じつは金継に似た技術は、世界中探しても他にあまり見当たらない。古いもの、壊れたものを愛でるという、この国独自の文化なのだ。

そんな仕事を、他でもない自分に頼んでくれたことが、三也子は内心嬉しかった。

「お前、こんな夜中にどうした」

急に声をかけられて、うっかり茶碗を落としそうになる。寝間着姿の夫が、工房の入り口からのぞいていた。

「中川さんの作業にとりかかろうと思って」

「こんな時間にか」

「ごめんなさい。でも今回は私にお願いしたいとおっしゃっていたので、集中してやりたいんです」

夫は無反応だった。

誰もいなくなると、夜が深まったように感じた。

◆

時間をかけて、三也子は夜に一人で少しずつ金継の作業をすすめた。前処理として麦漆《むぎうるし》で断片を母体にくっつけ、しばらく寝かせたあと、刃物で表面を削って、錆漆《さびうるし》で目に見えない溝を埋める。漆風呂に入れてから硬化を待ち、サンドペーパーで整えつつ、細筆で黒呂色漆《くろろいろうるし》をつなぎ目に塗る。

丁寧に表面を研いだり、ぬぐったりしては、漆を塗り重ねて寝かせる。

その作業をくり返しながら、三也子はこれまでのことをふり返った。

いつから、ヒビが入ってしまったんだろう。

——三也子さんの絵が、僕は本当に好きなんです。

美大の先輩だった蓮右衛門と、その一言をきっかけに付き合いはじめた。結婚後も三也子は好きな絵を描きつづけたが、あくまで趣味だった。世の中に発表なんてしなくても、夫が喜んでくれるならば満足できた。

女である以上、裏方として男を支えるべきだと思っていたからだ。

数年経った雨の日、夫が駅の階段で足を滑らせ、腕を骨折した。

——今受けてる注文はもう間に合わない。仕方ないから、断りの連絡を入れよう。

病院からの帰り道で夫がそう言ったとき、三也子はある提案をした。

——私が手伝いましょうか。

受注後キャンセルしてしまえば信頼問題にかかわり、また買ってくれるかどうかも分からない。独立後まもない工房の収入は不安定だ。三也子はただ純粋に、夫の力になりたいと思った。

——何度かあなたの仕事を手伝ったこともありますし、私がつくるのではなくて、あなたの指示に従うだけです。

そうして三也子は、美大で学んだ経験や夫から教わった知識を活かして、蓮右衛門の仕事を忠実に再現した。以前から筋がいいと言われていたが、予想以上の出来栄えに、注文主からも好評を得て、二人ははじめて共同で作品をつくりあげられたことに祝杯をあげた。三也子は夫婦の絆が深まったとさえ感じた。

それ以来、三也子は積極的に蓮右衛門の仕事を手伝うようになった。夫の方も、三也子の的確なアドバイスを求めはじめた。やがて三也子は、絵付という、蓮右衛門作品において最重要の工程で、夫以上の才覚を発揮するようになった。

夫の意匠は十分でなく、もっと改善できる。三也子は夫のためを思う一心で、手直しをはじめた。手伝う前は考えもしない行為だった。もはやそれが「手伝う」という範疇なのかも、しだいに分からなくなった。しかし彼女の迷いをよそに、夫の代になって年々減っていた注文は、何倍にも増えた。

――この作品は、妻の支えなしではつくれませんでした。

陶芸展の授賞式で、壇上からそうスピーチした夫の表情を、いまだに三也子は忘れられない。あの笑顔の反面、夫はなにを思っていたのか。受賞作品の絵付を含めたほとんどの工程を、三也子が担当したのだ。

——あなたの作品ですから。

三也子は自分に聞かせるように言った。あなたのアイデアと、あなたの今までの人脈や仕事があったからこそ、今回の賞がとれたんですよ、と。でもその言葉は、三也子の心からのものではなかった。それ以来、夫の言葉も本心ではないように聞こえる。

——家内はこう見えて、陶芸の腕前に優れているんですよ。

茶人に向けたあの一言だって、どういつもりだったのだろう。

展覧会で賞をねらえて、世間の要求にも応えられる蓮右衛門作品は、もはや夫にはつくれない。そのことを、誰より本人が分かっているはずなのに。

いくつもの夜を経て、繕いはつづいた。金粉を蒔くという、仕上げの工程。弁柄漆《べんがらうるし》で地塗りをしたあと、真綿で金粉を蒔き、メノウ棒で磨いて粉固めをする。少しずつ、少しずつ輝きが生まれていく。

手間をかけて、やっと繕いが完成したとき、三也子は両手で顔を覆《おお》った。人の過去も、つながりも、こんな風に修復することができればいいのに。

◆

週末、修子がやきものを引き取りにやって来た。別件の対応をしていた夫は同席せず、三也子だけで客室に招き入れる。金継を施した茶碗を差し出すと、修子は満足そうに目を細めた。

「三也子さんにお願いして、正解でしたね」

「いいえ、このくらい」

「どうか謙遜なさらないで。私、本物の蓮右衛門さんに会えたような、そんな気がしていますから」

修子の表情は変わらないが、三也子の頭に、ある疑念が浮かんだ。

この人はすべてお見通しで私に修復を依頼したのでは。

二人は無言で、金継のなされたうつわに視線を落とした。欠けて痛々しかった姿が嘘のように、破片がふたたび組み合わさり、つなぎ目に金色の繕いが加わることで、新たな調和を生んでいる。壊れても、傷ついても、何回でもやり直せる、そんな風に語りかけるようだった。

夫婦の関係も、いつか修復できるだろうか。でも今更私がつくっているだなんて、世間に公表できるわけがない。陶芸家は夫で、私はそれを支える妻なのだから。

「ありがとうございました」

玄関先に出て、三也子は深々と頭を下げた。茶人は余計なことは一切口にせず、風呂敷を大切そうに抱えて帰って行った。その後ろ姿を見送っていると、三也子、と夫から声をかけられた。

その表情を見て、今の会話を聞いていたのだと理解する。

「話したいことがあるんだ」

三也子は深く息を吐き、肯いた。

かおる夢

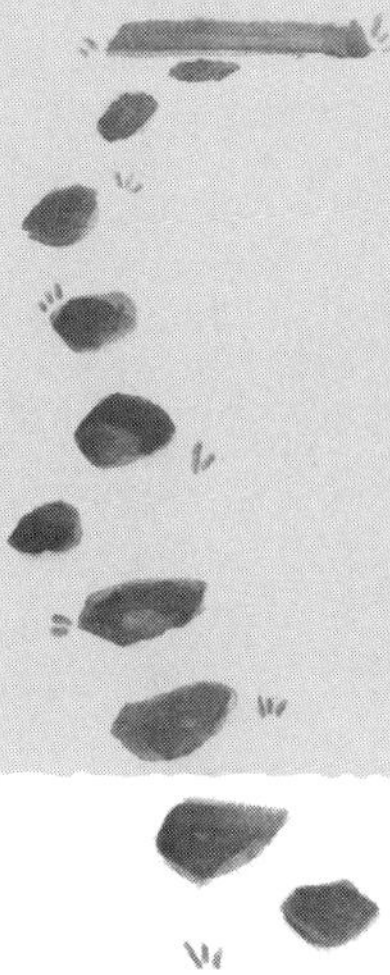

お坊さんの読経は、時間の感覚を鈍らせる。低くて安定感のある声を聞いていると、はじまりも終わりもない、広大な時間を漂流している気がしてくる。

線香の先端からたゆたう煙が、上昇しては消えるのを、修子は眺めていた。

一周忌は四十九日よりも弔問客《ちょうもんきゃく》は減る、と父は言ったけれど、実際には、仏間と客間がいっぱいになるほどの人が焼香をあげに来ている。

——修子ちゃん、大丈夫？

弔問客の多くが、まだ中学校も卒業していない修子のことを、腫れものにさわるように案じてくれたが、修子自身はあまり面識のない彼らに、ただ曖昧《あいまい》な笑顔で肯くことしかできなかった。そんななか、一人だけこんな質問をしてきた。

——お母さん、お茶なさってたでしょ？

髪が長くて色白の女の人だ。自分と同じくらいの年齢に見えたが、同行者はいなかった。

どうして知ってるんですか。

質問を重ねようとしたとき、その人はもう施主をつとめる父の方を向いていた。おそらく遠い親戚か、母の知り合いだろう。

線香の煙を目で追いかけるのをやめて、何気なく庭の方を見る——その瞬間、赤く燃える紅葉のなかで、白い影が動いた。

人影だった。さっき挨拶してきた、あの色の白い女の人ではないか。他のみんなは室内に集まって読経を聞いているのに、その人だけは庭に佇み、見所を迎えた紅葉を悠然と眺めている。呼んで来るべきだろうか。

修子は悩みながら、隣に座る父を見上げる。しかし父は目を閉じて読経に聞き入っており、他のみんなもうつむいたり、涙を拭いたり、熱心にお坊さんの背中を眺めたりと、女の人のことを気にも留めていない。

ふたたび庭を見ると、女の人が修子に向かってふっとほほ笑み、控えめに手招きをしてきた。ひょっとして、呼ばれてる？

修子は気がつくと座布団から腰をあげていた。

静まり返った廊下を通り、裏口から草履をつっかけて庭に出る。おもては曇り空で、木枯らしが吹き荒れていた。修子は制服のカーディガンの裾を伸ばし、身を縮こめる。この家は山に近く、気温が下がるのも早い。

庭には、もう誰もいなくなっていた。

見間違いだった？　お経には催眠作用があると聞いた。大丈夫か、と声をかけてきた弔問客の心配が的中し、ついに幻覚でも見えてしまったのか――。

「私のこと、探してる？」

修子は「ひゃ！」と飛び上がった。

背後に佇んでいたのは、例の女の人である。立って向き合うと、背丈も年齢も自分とさほど変わらなかった。

「あの、みなさん焼香をあげられてますけど」

「もちろん知ってるわよ。でも外の空気が吸いたくなって、つい抜け出しちゃったの」

そうですか、と肯いてから、修子は遠慮がちに言う。「抜け出したくなる気持ち、私にもちょっと分かります。じつは気が重くて、早く終わってほしかったから」

眉毛を少し上げ、女の人は「どうして」と訊ねる。

「だって法要とかって、大事なんでしょうけど、それで母が戻ってくるわけじゃない。むしろどんなにちゃんと準備しても、ああ、もう母はいないんだなって実感させられる分、寂しくなります」

そう語ってから、女の人と目が合い、修子はさっきの疑問を思い出す。

「母とお知り合いの方ですか？　その、どうして母が茶道をしていたことをご存知なのかが気になって」

「直接の面識はないけど、袋棚のなかにお茶道具が仕舞われているでしょう？　古いものも丁寧に扱われているし、そうだろうなと思ったの」

たしかに床の間の地袋や、客間の箪笥のうえにある袋棚には、母が使っていたお茶道具が仕舞いこまれている。しかし修子の疑問は、逆に深まった。家族でさえ把握しきれていないお道具のことを、彼女はどうして知っているのか。まさか勝手にのぞいたとか。

外光の下で見ると、女の人の服にはシミや破れがあることにも気がつく。すると修子よりも先に、女の人が口をひらいた。

「あのままにしておくには、もったいないわよね。ちゃんと役に立てなくっちゃ」

「そう……ですね」

修子はなんと答えるべきか迷う。

母は入院してからあっという間に亡くなった。母に伝えきれなかったことは多く、母の方も悔いはたくさんあっただろう。

なにより、母はお茶道具のこれからについて、なにも言い遺さなかった。

強い秋の風が吹いて、木々の葉が波のようにざわめく。紅葉が一枚ひらりと、足元に舞い落ちた。病室の窓からも、赤や黄にいろどられた山々が望めた。まさかあのときは、それが母と眺める最後の紅葉になるとは想像もしなかった。

「もう捨てちゃうらしいです、お道具。うちにはお茶をやる人、もういなくなっちゃったからって、父が」

父は今、母の持ち物を少しずつ処分している。いつまでも悲しんでいるわけにはいかないという父の言い分を、修子も頭では理解できる。でも理解できても、行動できるかどうかはまた別だ。ただでさえ言葉足らずな父の本心が、修子にはさっぱり分からない。

思えば、うちの家族はいつも母を中心にして動いていた。

父と修子のあいだにあつれきが生まれたのは、潤滑油だった母を失ったことに加えて、父が母の入院中に病状を一切話してくれなかったことが大きい。もし本当のことを知っていたら、もっと別の時間の使い方ができたのに、という悔しさがいまだに消えない。

だからこの一年間、母を亡くした喪失感以外のところで、修子はもやもやしていた。最近では、どうせ言い争いになるので、ごはんの献立や学校の諸連絡といった必要最低限のこと以外、父と口をきいていない。

「それなら、あなたがお茶をはじめて、あのお道具を役立てたらいいじゃない」

「そうは言っても、難しいし」

「どうして」

不思議そうな顔をされ、修子は返事に窮《きゅう》する。

どうして母の生前に少しでも教わらなかったんだろう。母が元気なうちは自分にはできないと決めつけ、誘われても面倒としか思わなかった。

「そろそろ行こうかしら」

両手を天に向かって伸ばした女の人に、修子は訊ねる。

「行くって、どこにですか」

「うんと遠いところ。日が傾くまでに出発しなくちゃいけないの」

「遠くから、わざわざ来てくださったんですね」

だから服が汚れているんだな、と修子は納得したけれど、女の人は「住んでいたのはすぐ近くよ」と首を横にふる。

「お母さんとはまだお会いしたことがないけれど、慕われていた人なんでしょうね。法要に集まった人たちの様子を見たら、すぐに分かったわ」

まだお会いしたことがない、なんてまるで今から母と会うみたいな、おかしなニュアンスが感じられた。

「じゃあね」

「お気をつけて」と修子は混乱しながらも、お辞儀を返す。

「あなたも大変だと思うけど、いろいろ頑張ってね。まぁ、強いから大丈夫かしら。そんな顔してるし」

女の人は断言して、ほほ笑んだ。

遠くに行くというのに、やけに身軽だと感じたので、修子はポケットのなかに入れていた、さっき配ったまんじゅうの残りを餞別として手渡した。

「よかったら、旅のお供に」

「ご親切にどうも。お返しにと言ってはなんだけど、ひとつだけ、大事なことを教えてあげる。人は人の知りえない大きな力に守られてる。だから頭で考えるより、身体で感じた方がいいこともある。そのことは絶対に、忘れちゃだめよ」

ふたたび冷たい北風が吹き荒れて、つぎつぎに木々の葉をふるい落とした。顔にかかった葉を手で払いのけた直後、目の前にいたはずの女の人は消えていた――。

スカートを引っ張られる感覚がして、修子はわれに返る。

顔を上げると、そこは仏間だった。父がとなりに座っていて、お坊さんはいつのまにか読経を終えて、説法をはじめていた。

「お姉ちゃん」

傍にいる弟がスカートをつかみ、なにか言いたげな顔を向けている。

「足、痺れたの？」

弟は肯き、修子が「崩してもいいんだよ」と小声で言うと、ほっとしたように膝を立てた。お坊さんの説法に耳を傾けながら、修子は誰もいない庭を見た。

◆

その夜、嵐がやって来た。修子は布団に横になりながら、暗闇のなかで耳を澄ませた。強風が雨戸をガタガタと揺らす。屋根に大粒の雨が叩きつけられる音は、誰かが大笑いでもしているかのようだった。目を開けたまま、あの女の人が最後に残した言葉を反芻《はんすう》する。

――人は人の知りえない大きな力に守られてる。

修子は半分くらい覚醒《かくせい》しながら、眠りの浅瀬で夢を見た。そこで修子は大勢の人をちいさな和室の部屋に招いて、お茶を点てていた。お茶の点て方なんて全然分からないのに、勝手に身体が動いていくのだ。

見知らぬ庭を望むことのできる部屋には、いろんな境遇の老若男女が、いろんな悩みを抱えてやって来た。修子は彼らと、飾られた花や軸、使用される茶碗を紹介して、他愛のないおしゃべりをする。庭に配置された飛石は、じっと見つめていると、右へ左へと曲がりくねる、ぬらぬらと光る生き物に変貌し、客人たちを修子のもとへと案内してくれる。

——大切なのは、あのお道具たちじゃなくて、あなたの気持ちよ。

何度かそう囁かれた気がした。聞き覚えがあるけれど、あれ、誰の声だっけ。

⁂

翌朝、修子は鳥のさえずりで目を覚ました。雨戸の隙間からは、ここ数日のどんよりした曇り空が嘘のような、久しぶりの眩い朝日が差し込んでいた。起き上がって窓を開けると、朝の冷気と光が部屋を満たす。

窓の外に広がる景色は、一夜にして、がらりと装いを変えていた。すべての紅葉がばさりと落ちて、赤と黄の絨毯へと生まれ変わり、朝日をきらきらと反射している。断捨離をした木々は、空に向かって軽やかに枝を伸ばしていた。

そうか、昨夜雨音だと思っていたのは、じつは風に乱れた紅葉が、つぎつぎと屋根に降り積もる音だったのだ。深呼吸をすると、枯れ葉が土に還ってゆく香りがして、どこかなつかしく感じた。嵐のあとの庭の香りは、母が漂わせていた香りと重なった。

——香りって、気がつかないうちに服についたり、記憶に刻まれたりするものでしょう。だからお茶をやっていると、思いがけないところで香りをもらって来ちゃうわけ、と母は困ったようにも、嬉しそうにもとれる笑顔で言っていた。たしかにこの落ち葉の香りのように、知らないうちに身近に憶えているものかもしれない。そう思うと、張りつめていた心がやわらぎ、母になにもしてあげられなかった自分を少しだけ許せた。

「また会えるかな」

澄み切った空を見上げながら、修子は呟いた。

喜寿の好日

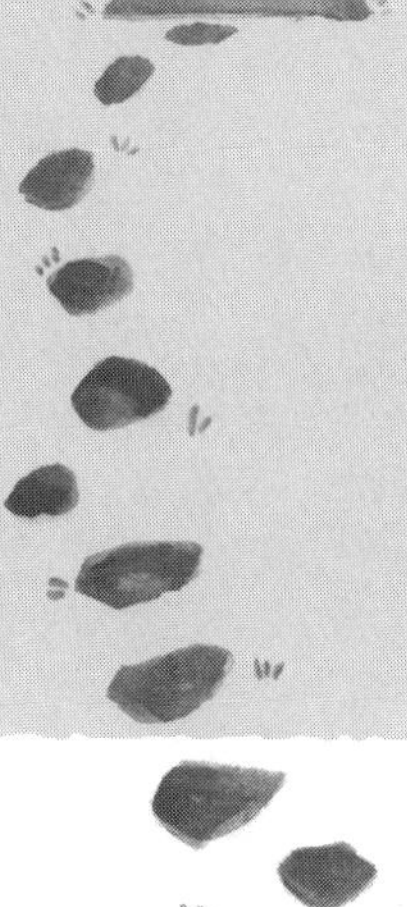

「今日はおばあちゃんのキジュをお祝いするお茶会だからね」

冬休みを間近に控えた十二月。朝一番の新幹線のなかで、母は星那に言った。普段よりも早起きしたせいか、父はとなりで目を閉じている。

「キジュってなに」

「七十七歳になって、おめでとうございますっていう意味」

「誕生日会ってこと?」

「うーん、そういう感じじゃなくて、長生きのお祝いね」

ふうん、と呟き、普段バレエ教室ではいている白いタイツを、星那は引っ張る。

おばあちゃんの家に行く前、人見知りの星那はいつも緊張してしまう。行ってしまえばおばあちゃんはやさしいので、最後には帰りたくないと言って泣いているくせに、どうも到着する前は苦手だ。

「星那、見ろ! 富士山だぞ」

「ほんと?」

父の膝の上に乗り出すように窓の外を見ると、たしかに大きな山が流れて行って、星那は「すごーい」と歓声をあげる。

「なに言ってんの。新横浜すぎたばっかりで、富士山はまだまだ先よ」

「え、フジサンじゃないの？」

「騙されたー」と言って、にやついている父を見ながら、もうすぐ十歳になる娘を騙して喜ぶなんて、ほんと子どもっぽいんだから、と星那はため息をついた。


おばあちゃんの家は、星那の住むマンションとはなにもかもが違う。まず何倍も広くて、星那も足を踏み入れたことのない、誰もいない部屋がたくさんある。立派なお庭があり、柱も天井も年季が入った木でできていて、古めかしい香りがする。玄関先には、履物がいくつかそろえてあった。星那も両親とともに靴をそろえ、言われるままに白い靴下を履いてから、普段はおばあちゃんの教室としてお稽古に使われているらしい和室に向かった。

「あら、美月さん」

「ご無沙汰しています」

畳の上に、赤と緑の模様の入った絨毯の敷かれたところで、お腹の大きな女性が先に座っていた。明るく華やかな笑顔を見て、前に一度ここで会ったことがあるのを星那は思い出す。壁のくぼみに掛けられた、漢字の書かれた巻きものを見たあと、星那は先に腰を下ろした母のとなりに、くっつくように座った。

「香織さんと賢人さんには、いろいろと相談にのっていただいて、ありがとうございました」

「とんでもない」

両親がそろって茶道を習いはじめたのは、星那が生まれる前のことらしい。ただし母が本格的に職場に復帰しはじめた最近では、二人とも忙しいと言って、近所の教室にあまり通えていない様子だ。

星那の視線に気がついたらしく、美月さんは目を細め、大きなお腹をさすりながら「さわってみる?」と言った。「いいんですか」と星那は怖々手を伸ばし、ボールのような弾力をたしかめる。すると湯呑み茶碗をのせたお盆を持って、もう一人別のお姉さんが現れた。

「莉子さん、こんにちは」と母がほほ笑む。

「お久しぶりです。さっきまで高杉先生と一緒に準備してたんですよ」

莉子さんという人は、ちょっと冷たい雰囲気で、美月さんほど華やかではないけれど、お母さんいわく、しょっちゅう仕事で海外に行っているのだそうだ。最近、飛行機に憧れている星那は、そんな大人の女性になりたいと思った。

「今回のお茶会、じつは莉子さんが企画なさったんですって？」

「いいえ、そんな大袈裟です。私はただ、中川先生が喜寿のお祝いをなさるなら、ぜひ手伝わせてくださいって申し出ただけで……そうそう、香織さんにご相談なんですが、今日のお正客をつとめていただけないでしょうか」

「え、私が？」

「ぜひお願いします。中川先生や高杉先生、それに美月とも話して満場一致で」

「困ったな、つとまるかしら」

大人たちが賑やかにおしゃべりするなか、星那は味のしないただのお湯に顔をしかめながら、お茶碗の底に書いてある漢字の意味を考える。「好日」――好きな日？　それとも好きになる日？

「みんな、久しぶり」

つづいて待合に入ってきたのは、雅人おじさんだった。従姉のカヨちゃんは今日、部活があるから来られないのだという。

「星那ちゃん、大きくなったね」

父と雅人おじさんが、星那にはよく分からない話をしているあいだ、今度は仲良しそうなカップルが現れた。美月さんがあいだに入って「こちら、今日のお茶菓子をつくってくださった道恵さんと、お干菓子の木型職人でいらっしゃる瀬戸さん。二人とも中川先生の教室に長いあいだ通ってらっしゃって」と紹介してくれた。

「バレエ、習ってるの？」

道恵さんという女の人から話しかけられ、星那の背筋は伸びる。

「そうなんです、四歳の頃から習っていて」と母が代わりに答える。

「さすが、姿勢がいいからそうだと思った。お団子頭も、本当に可愛らしいですね。トゥシューズとか履いたりするのかしら」

「……もうすぐ、履くことになってます」

星那は小さな声で答える。バレエの先生からは、あんまり小さい頃からトゥシューズを履くと足の骨が歪んでしまうから、十歳になるまではトゥシューズなしで踊るのだと言われていた。だから星那は来年やっとトゥシューズが履けることになって嬉しい反面、なかにはトゥシューズが痛くてバレエをやめてしまう年上の子もいたので、不安でもあった。

「失礼します」

最後に現れたのは、日に焼けた背の高い男の人だった。

「こちらは嚢さん。中川先生のお庭を手入れしてくださっている庭師の方で、先日までイギリスに滞在してらしたんですって」と美月さん。

「なんだ、母さんの若い恋人かと思ったよ」

父が茶化すように言った。

嚢さんがとなりに腰を下ろしたので、星那はますます緊張する。初対面の男の人というのもあるし、嚢さんが彫りの深くて外国の人っぽい顔立ちだからかもしれない。


「本日は私が正客をつとめさせていただきます。未熟者ですが、よろしくお願いいたします」

と母が挨拶をすると、みんなは和室を出て小さな門を通り、水の溜められた苔生した岩——さっき名前をお母さんから教えられたが、もう忘れてしまった——に進んだ。水を掬って手と口をきれいにするお母さんの真似をしながら、初詣でやるやつだ、と星那は思う。

やがて茶室の前にたどり着いた。従姉とかくれんぼをしている最中に忍び込み、こっぴどくお母さんから叱られたことはあったけれど、ちゃんとした感じで茶室に入るのは、星那にとってはじめての体験だ。他よりもおおきめの四角い石にのって身を屈め、扇子を手前に置いてなかの様子をうかがうと、大きく8と描かれた絵(?)がまず目に入る。なに、あれ。

「頭を打たないようにね」

先に腰を下ろしている母に注意され、なかに入る。

しんと静まり返った、決して広くはないその空間に吸い込まれた瞬間、星那はなぜだか急に大人の仲間入りをしたような、得意な気分になった。

母を追って、さっきの絵の前に進み、お辞儀をしてから改めて見てみる。それにしても、この8の字はなんだろう。雪だるま？　それとも、焼けてふくれたお餅？　よく分からないままに、今度は絵の前にある、飴玉のような赤と白のつぼみをつけた花を観察する。

やがて和室にいた全員がそろったところで、奥の襖が開き、なかから祖母が現れた。祖母の着物は、染まりはじめの夕空のような、落ち着いた紫色だった。

「どうぞ、お入りください」

母が答えると、祖母は軽く頭を下げて、前に進んだあと、満面の笑みを浮かべた。

「遠いところをお集まりいただき、ありがとうございます。ここにいるみなさん一人一人のおかげで、今まで長生きすることができました」

そう言って、今度は深々と頭を下げる。

「本日は私たちの長寿を、喜び分かち合っていただければ幸いです。どうぞゆっくり過ごしていってください」

「私たち？」と母が首をかしげる。

「なにを隠そう、お点前をなさる高杉夏美さんは、私の高校時代の同級生で、お互いの喜寿のお祝いを兼ねているんです」

おばあちゃんが言うと、襖からちらりと白髪の女性——おそらく高杉夏美さんがのぞいて
「あら、そう見えなかった？」とお茶目に声を弾ませたので、その場が笑いに包まれた。

❖

「床の間のお軸は」と母が訊ねる。

「坂本さんという方が、今日のために描いてくださった書画です。円相のシリーズから発展して、○がふたつで8の字の『ひょうたん』をかいてくださったの。ひょうたんは無病息災の縁起物だし、喜寿のお祝いにはぴったりよね。今日もご招待していたんだけど、展示の

オープンと重なって来られないみたいで」

残念そうに、でもどこか嬉しそうに、祖母は絵、いや、「お軸」を見つめながら言った。

今度は和菓子をのせたお盆を持って、莉子さんが襖から入ってきた。莉子さんが目の前に置いたお盆には、道恵さんがつくったという桃の形をしたピンクのおまんじゅうと、角砂糖のような白っぽい欠片——よく見るとツルとカメでびっくりした——がのせられていた。

思ったより甘くないが、ふしぎとおいしい。

そのあいだにも、高杉さんが淡々とお茶を点てていく。星那にとって「お茶を点てる」という場に立ち会うのは、生まれてはじめてだった。となりに座っている母も、家で父と喧嘩したり、あわただしく家事をこなしたり、星那にあれこれ注意したりする、いつもの様子とは別人のように凛々しい。

高杉さんが点てたお茶を、祖母が受け取り、母に差し出した。視線と視線を合わせただけで、二人はとくに会話を交わさなかった。でも母はなにか特別なメッセージでも受け取ったかのように、やさしい笑みをほころばせる。

そのお茶碗が二人にとって大切なのか、他の理由があるのか、星那には分からなかったけれど、子どもには入り込めない複雑で深い世界が、そこに広がっていることだけは、たしかに分かった。母の手のひらのなかにあるお茶碗には、金色の線が何本か入っている。内側から光を発しているみたいで、つい見入ってしまうその茶碗を、星那はすてきだと思った。

❖

「星那ちゃん、プレゼントがあるの」

お茶会がお開きになったあと、祖母から呼び止められた。四角い袋から出てきたのは、白い毛糸で編まれた、対になった半月型の小さなカバーだった。「来年からトゥシューズ履くって聞いて、星那ちゃんの爪先が痛くないようにつくったの」

「ありがとう、嬉しい」

星那は感激しながら、祖母から爪先カバーを受けとった。これをトゥシューズの下につけて踊れる日が、急に待ち遠しくなる。

茶室のちいさな入り口を出て、蛇のように曲がりくねる飛石を一歩ずつ渡っていく。緊張がほぐれたせいか、あるいは祖母がくれた爪先カバーのおかげか、さっき来たときの庭とはちょっと違って見える。星那は茶室をふり返り、いつかまた、この飛石を渡りたいなと思った。

初出一覧

月刊『淡交』

「亥歳のトラ」2019年新年号
「春告草」2019年2月号
「巡るとき」2019年3月号
「十三まいり」2019年4月号
「落し文」2019年5月号
「ガーデン・イン・ザ・レイン」2019年6月号
「終わらない祭り」2019年7月号
「宿るものたち」2019年8月号
「待宵月」2019年9月号
「繕いの夜」2019年10月号
「かおる夢」2019年11月号
「喜寿の好日」2019年12月号

本書は月刊『淡交』2019年新年号〜12月号掲載「飛石を渡れば」をもとに中編を追加し、再編集してまとめたものです。

一色さゆり

いっしきさゆり

1988年京都府生まれ。東京藝術大学美術学部芸術学科卒業。2015年『神の値段』(宝島社)で「このミステリーがすごい!」大賞を受賞。学芸員として美術館に勤務する。近著に『ピカソになれない私たち』(幻冬舎)、『コンサバター 大英博物館の天才修復士』(幻冬舎文庫)など。

飛石を渡れば

2021年2月11日　初版発行

著　者　一色さゆり

発行者　納屋嘉人

発行所　株式会社 淡交社

本　社　〒603-8588 京都市北区堀川通鞍馬口上ル
［営業］075-432-5151
［編集］075-432-5161

支　社　〒162-0061 東京都新宿区市谷柳町39-1
［営業］03-5269-7941
［編集］03-5269-1691

www.tankosha.co.jp

印刷･製本　亜細亜印刷株式会社

ISBN978-4-473-04421-1